姉に身売りされた私が、武神の花嫁になりました

飛野　猶

STARTS
スターツ出版株式会社

目次

姉に身売りされた私が、武神の花嫁になりました

第一章　神縫いの少女

　広い座敷に三十人ほどの女たちが集められている。みな、板間の床に腰を下ろして一心不乱に手を動かしていた。

　彼女たちの手元にあるのは、色とりどりの反物だ。

　可憐《かれん》な華や艶やかな蝶《ちょう》、さまざまな縁起のいい柄が縫い込まれた美しい反物たち。

　それらは彼女たちの手によって、華麗で雅な着物へと仕立てられていく。

　色鮮やかな反物の数々が床に広げられたさまは、まるで花畑にいるかのようだ。

　しかし、華やかな反物を仕立てる彼女たちの着る物は茶色や鼠色《ねずみいろ》、藍色といった地味な色合いの粗末なものばかりなのが対照的だった。

　色とりどりな反物に囲まれて黙々と着物を仕立てていく彼女たち女工の姿は、さしずめ花畑の地べたで這《は》いずり回る働きアリのようでもある。

　ここは帝都でも有数の規模を誇る着物の仕立工房だ。同じ敷地内には他にも、蚕を飼う蚕部屋や、繭から絹糸を取り出す製糸場、糸に色を付ける染め場に、機織り機が何十台と並び昼夜問わず機織りの音が絶えない機織り工房まである。

　繭から絹糸を作り、反物を織って着物に仕立てるまでを一貫して行うことのできる、この国最大の着物工場となっていた。

　毎日たくさんの着物が作られ、帝都や全国各地へと売られていく。しかしここで働く女工たちは地方からの出稼ぎも多く、その大半が貧しい家の出身だった。ここで作られる華やかな着物には、一生袖を通す機会もない者たちだ。

そんな仕立工房の片隅に、他の女工たちと比べてもひときわ粗末な、ボロのような着物を身にまとう少女がいた。少女は一心に針を持つ手を動かしている。

鼠色の薄い小袖はあちこちツギハギだらけで、長く黒い髪は艶もなくパサパサだが、まだあどけなさの残る顔立ちはどこか清楚《せいそ》な趣が漂っている。

彼女が無心に動かしているのは縫い針ではない。それより少し長い、刺繍《ししゅう》針と呼ばれるものだった。

少女の目の前には低い長机があり、その上に一尺《約三十センチ》ほどの四角い木枠が置かれている。木枠には薄紫色の反物がピンと張られていた。

そこに、少女はひと針ひと針、丁寧に色糸で模様を描いていく。そばに置かれた針箱には色とりどりの糸巻きがあり、そこから糸を選び出しては手元の反物に精緻な絵柄を縫い付けていくのだ。

今取りかかっているのは、藤の花の刺繍だった。

少女は下絵もなしに、迷いなく針を進めていく。

薄紫色の反物に濃い藤色や桃色の糸で描き出された藤の花が、優美に浮かび上がっている。美しくも気品のある絵柄は、今にも藤の花が風になびいてさらさらと動きだしそうな迫力すらあった。

(ふぅ、あとちょっと。もうちょっと色を足せば、もっと綺麗《きれい》になりそう)

木枠を掲げて刺繍の出来具合を確認し、少女は小さく頷《うなず》く。

この反物ができあがるのも、もう間近だ。

そのとき、工房の入口の方からざわざわとした物音が聞こえてきた。

顔を上げれば、視線の先に見えたのはいくつかの人影だった。

その人影を見た瞬間、少女の顔にさっと緊張が走る。

工房にやってきたのは、この着物工場を仕切る伊縫泰成《いぬいやすなり》と、その長女・瑠璃子《るりこ》だった。さらに、いつものように数人のお付きの人たちを引き連れている。

女工たちの働きぶりを見回りに来たのだろう。

少女はすぐさま反物を脇に置いて、他の女工たちと同じように床に両手をつけ、頭を低く下げる。

先頭を歩く瑠璃子は、まるで王者のように堂々とした様子でこちらに向かってきていた。

いや、実際彼女はここでは王者そのものだ。

神から授かった異能を持つ人々は『神憑《かみつ》き』と呼ばれ、畏怖と尊敬の念を持って敬われる。

この帝都、そしてこの国は、神憑きの一族によって守られ、支配されていた。

帝都の外にも、人々が肩を寄せ合って暮らす都や街、村々が点在している。しかし、人の支配する地域はさほど広くはない。それ以外の地には荒野や深い森が広がり、魑《ち》魅《み》魍魎《もうりょう》たちが跋扈《ばっこ》しているのだ。

魑魅魍魎の中でも人を害することを好み人を喰《く》らうモノたちは、ときに徒党を組んで人の住処を襲った。

そんな恐ろしい魑魅魍魎の襲撃から、神より譲り受けし異能を使って人々を守護しているのが神憑きの家々だ。

それゆえ、神憑き家の人々は尊敬と畏怖でもって称えられ、代わりに莫大《ばくだい》な富を築いて国の中枢に君臨しているのだった。

なにも持たぬ庶民が魑魅魍魎に襲われることなく平和に暮らせるのは、すべて神憑きの一族たちのおかげとされ、その見返りに彼らは絶大な富と権力を握っている。

伊縫家は、そんな神憑きの一族のひとつである。

神憑きの序列の中ではかなり下方に位置するというが、それでも多くの富と権力を持っていることに変わりはなく、特に彼らが所有しているこの着物工場においては王者としての権力を欲しいままにしていた。

今年で十九歳になる瑠璃子は、この伊縫家の跡取り娘だ。毎日数人の使用人に手入れさせている艶やかな黒髪をマアガレイトに結い上げ、大きな赤い花の髪飾りで彩っている。整った顔立ちは微笑むと大層可愛らしく見えるのだろうが、その愛らしい瞳が今は周囲を鋭く睨《にら》みつけていた。

瑠璃子が身にまとっている振袖は贅《ぜい》の限りを尽くしたものだ。最高級の絹糸に金糸銀糸を練り込んで織られ、細やかな刺繍で花々が咲き乱れている。

あの刺繍も瑠璃子は自分で施したと公言して家の内外を問わずあちこちから賞賛を集めているらしいが、実はこのボロを着た少女が手がけたものだった。

それは絶対に他所で言ってはならない秘密となっている。もっとも、わざわざ命じられなくとも、外に漏らしたりするはずがなかった。口外すれば、どんなに恐ろしい仕打ちが待ち受けているか、少女は身をもって知っていたからだ。

そもそも、少女は生まれてこの方、この着物工場と伊縫家の敷地からほとんど外に出たことがない。たまにお使いを命じられて外に行くくらいだが、帝都は広くてすぐに迷ってしまうので外出するのは好きではなかった。

少女は瑠璃子に目をつけられぬよう、じっと頭を下げたまま彼ら一行が行き過ぎるのを待った。

一行の足音が近くなるにつれ、少女の心臓の音も緊張で大きくなっていく。

瑠璃子は働きの悪い女工を見つけると、すぐに配下の者につまみ出させて折檻《せっかん》部屋へと連れていく癖があった。

伊縫家の跡取り娘である瑠璃子の前で不真面目な働きをする女工などひとりもいるはずがない。誰もが瑠璃子を恐れ平身低頭しているのだから。

つまり、瑠璃子が折檻部屋行きの女工を選ぶのは単なる気まぐれにすぎない。見せしめとして折檻することで、他の者たちを恐怖で支配しようとしているだけなのだ。

そのため、瑠璃子たちが工房へやってくると、女工たちはひれ伏して恐れ震えた。

少女の隣で床に額をつける痩せこけた女工など、傍から見てもわかるほど身体を震えさせている。顔面は蒼白《そうはく》で、今にも泣きだしそうなのが気の毒なほどだった。

一行の足音がどんどん近づいてくる。

少女は瑠璃子たちの足音が早く遠くへ行ってほしいとひたすらに祈っていた。

するとすぐ近くまで来た一行の足音が止まる。

ドキリと、鼓動が大きく鳴るのを感じた。

(どうか、このまま何事もなく通り過ぎて……)

そう願う少女の祈りもむなしく、瑠璃子は少女の隣の女工が仕立てていた着物を手に取ると冷たく声を響かせた。

「縫い目が雑だわ。こんなんじゃ、お客様にお出しできないじゃない。伊縫家の名前に泥を塗るつもり？　ソレ、つれてって」

「ひぃぃぃぃぃぃぃぃぃ!!　も、申し訳ありませんっ!!」

女工は引きつるような悲鳴をあげたが、瑠璃子の後ろに控える下男が彼女の腕を掴《つか》んで無理やり引っ立てた。

「ご、ごかんべんを……!! これからいっそう、仕事に励みますからっ!」

彼女は必死に言い募るが、瑠璃子は一瞥《いちべつ》すらしない。下男は容赦なく彼女を引っ張って工房の外へと連れ出した。

その一連の様子を他の女工たちは平身低頭したまま、息をひそめて見守るしかできない。

いつ、我が身に降りかかるかわからないのだ。工房に張りつめた緊張が漂う。

誰もなにも発しない。ただ嵐のような伊縫家一行の見回りが終わるのを祈りながら伏せるだけだ。

少女もみなと同じようにしていたのだが、瑠璃子は少女の前にもやってきた。

嘲りを含む瑠璃子の声が頭の上から降ってくる。

「まだこれだけしかできてないじゃない。さぼってんじゃないでしょうね!? 沙《さ》耶《や》!」

「め、めっそうもございませんっ。お姉様」

沙耶と呼ばれたその少女は、頭を下げたまま声を震わせる。

さぼっていたつもりなど微塵《みじん》もない。むしろ、沙耶はこの工房の誰よりも早く正確に美しい刺繍を施せる技量を身につけていた。

それでも、瑠璃子は沙耶の存在そのものが気に食わないようで、いつも難癖をつけてはいびってくる。

「ふんっ。お前のような無能に姉と呼ばれることすら不快だわ。まったく、伊縫家の面汚しなんだから」

沙耶は瑠璃子の腹違いの妹だった。歳もふたつしか違わない。

しかし、瑠璃子の母親は正妻だが、沙耶の母はこの工房にかつて勤めていた女工のひとりにすぎなかった。つまり父・泰成が女工に手をつけて生まれたのが沙耶である。

家族の中でここまで姉妹の扱いが異なる理由は他にもあった。

沙耶は神憑きである伊縫家の者たちが持つはずの異能を、持たずに生まれた無能者なのだ。

そのため沙耶は伊縫家の本宅ではなく、女工だった母と一緒に女工部屋で生まれ育った。数年前に母が亡くなってからも、使用人同然に伊縫家へ仕えている。

幸いにも母の教え方がよかったのか、着物の仕立てと刺繍については人並み以上の技術を身につけていた。

だが、それだけでは伊縫家の者として生きるには不充分なのだ。

伏せていた沙耶の長い髪を、瑠璃子が掴んで無理やり頭を引き上げさせる。

「……っ」

沙耶は痛みでわずかに顔を歪《ゆが》ませるが、それだけだった。抗ったりできるはずもない。抵抗すればどんな折檻が待っているかわからないのだから、されるがままになるほかなかった。

瑠璃子が沙耶の顔を覗《のぞ》き込む。沙耶を忌々しげに睨みつける表情は、整った顔立ちだけあって凄みがあった。

「お前をここに置いてやってるだけでも、ありがたいと思いなさいよ」

「は、はい……お姉様……」

瑠璃子の左肩に、蚕の繭のようなものが浮いているのが視える。

それこそが、伊縫家の者が代々受け継いできた異能。『御白様《おしらさま》』だ。

かつて伊縫家の先祖が神である御白様の本体から力を授かったことで、この異能を使えるようになったと言われている。

瑠璃子はその御白様の分身から神糸《しんし》を紡ぎ出し、その神糸を使って着物に『神縫い』を施すことができる異能の持ち主なのだ。神縫いされた着物には神からの加護が与えられ、あらゆる邪気や瘴気《しょうき》を退ける。

そのため、神縫いが施された着物は非常に重宝され高値で取引されていた。小さな布切れですら神縫いで縫われたものは破格の値段で売られているが、それでもなお求める者が後を絶たないという。

それだけ、神縫いの異能は高く評価され重宝される能力なのだ。

伊縫家では代々この御白様の力を持つ者が生まれてくる。伊縫家の繁栄はすべて御白様の力を持つ者のおかげだった。

だが、どういう理由かはわからないが代を経るごとに御白様の力を持つ者は生まれにくくなってきており、今御白様の力を持つのは父の泰成と瑠璃子だけとなっていた。

しかも、御白様の力は使えば使うほど減っていく性質があった。

現に瑠璃子の後ろで影の薄い存在となっている父の左肩に見える御白様の繭は、もうかなり小さくなっていて、いつ消えてもおかしくない状態となっていた。

それに比べればまだ年若い瑠璃子の肩にいる御白様はそれよりひと回り大きい。

この伊縫家では御白様の大きさが、そのまま家の中での力関係の強さを意味している。もはや父の泰成は当主といえど瑠璃子には逆らえず、瑠璃子が伊縫家で好き勝手に過ごすのを止める影響力すらなくなっていた。

瑠璃子は、沙耶の髪を掴んだまま勝ち誇った笑みを浮かべる。

「いいわね、沙耶。あんたは無能者だけど、針子としての腕だけは一人前なんだから。せいぜい、伊縫家のために働きなさいよ。その着物は神憑き五家のひとつ、土御門《つちみかど》家の分家筋に渡す予定のものなんだからね。手を抜いたら承知しないわよ」

神憑きの一族にも序列があり、その最上位に位置する五つの家は『神憑き五家』と呼ばれる。

水を司り呪術や占いに秀でた水卜部《みとべ》家、神の力を宿した神器や武器を作ることのできる金剛《こんごう》家、五穀豊穣《ごこくほうじょう》を司り大地を揺るがす力を持つ土御門家、森を守り木々を自在に操る森羅《しんら》家、そして火を司り武神《ぶしん》の力を受け継ぐ不知火《しらぬい》家だ。

神憑き五家は序列最上位に恥じない圧倒的な武力を誇るがゆえに、この国の中枢に影響を及ぼす政治力と莫大な財力を併せ持つ。

ここ帝都はこの国最大の人口を誇り、政治や産業、文化の中枢である。大通りにはガス灯が灯って昼夜となく人が行き交うほど栄華を誇っている。

帝都の魅力に惹《ひ》かれ人々は集まってくるが、帝都に惹かれるのは人間だけではない。ガス灯に群がる羽虫のように魑魅魍魎たちもまた、帝都に入り込み人々を貪ろうと襲ってくるのだ。その帝都を、神憑き五家は最前線で守り続けているのだった。

帝都の繁栄は、まさに神憑き五家のおかげによるところが大きい。彼らがいなければ、非力な人間がこれほど大きな都を築くのは不可能だっただろう。

ちなみに伊縫家には魑魅魍魎を討伐するような攻撃力のある異能の力はないものの、神縫いの異能により衣服に神の加護を与えて防御力を高める力がある。同様の異能を持つ家は他にないため、かつては非常に重宝されたという。

しかし伊縫家の神縫いの力は代を重ねるごとにどんどん弱くなっており、現在では神憑き家の中で伊縫家の序列はほとんど末席に近い。

そんな伊縫家にとって、最上位にあたる神憑き五家は皇家に次ぐ最も重要な取引相手だ。もし失態をおかして彼らに目をつけられれば、帝都から追放される恐れすらある。絶対に不備などあってはならない客だった。

「……は、はい」

頭を引っ張られたまま呻《うめ》くように言うと、瑠璃子は勝ち誇ったようにフフと笑った。

「みじめなものね。お前にも御白様の力があれば、もうちょっとマシな扱いを受けていたでしょうに。まぁ、卑しい女の血を引いてるお前なんかに御白様が憑くわけないでしょうけどね」

そこでようやく、泰成がためらいがちに口をはさんできた。

「瑠璃子、そろそろ支度したほうがいいんじゃないか。艶子《つやこ》が午後から帝都の大店《おおだな》に買い物へ行こうと言っていたぞ」

「そうだったわ。お母様、お出かけするっておっしゃってたわね。そろそろ夜会用の新しいドレスも新調しなきゃだし、靴もパラソルも新しいものが欲しかったの。こんなところで油を売ってる場合じゃなかったわ」

瑠璃子はパッと沙耶の髪から手を離した。

ようやく解放されるが姿勢を崩すわけにはいかず、ばらばらと散る髪のまま沙耶は再び床に伏せる。

瑠璃子は沙耶にフンッと侮蔑の視線を投げると、そのまま振袖を翻して工房から去っていった。

彼女たちの後ろ姿が見えなくなって、沙耶はようやく深いため息をつく。そして身体を起こすとすぐに仕掛り途中の反物を手に取り、針を持つ手を動かし始めた。早く仕上げてしまわなければ、またなにを言われるかわからないからだ。

わき目もふらず、沙耶は針を動かし続けた。

寒さの厳しい、昼下がり。雪こそ降ってはいないものの、吐く息は白い。

沙耶は井戸端でひとり、洗濯ものをしていた。

井戸は伊縫家の屋敷の裏手にあり、時折冷たい風が吹きつける。そのたびに薄い単衣の着物を抱きしめるように身を縮めた。

家事仕事をするときは、長い黒髪を後ろでゆるくひとつくくりにしている。その髪を寒風が揺らして通り過ぎていく。

木壁を隔てた向こう側には伊縫家所有の着物工場があるため、ひっきりなしに機織りの音が聞こえていた。

井戸から汲《く》み上げたばかりの水は冷たく、じんじんと指が痛む。

沙耶は女工としての仕事以外にも、伊縫家の家事全般をやらされていた。もちろん沙耶の他にも女中はたくさんいるのだが、沙耶には女中の仕事の中でも最もつらくて大変なものばかりあてがわれていた。

洗濯もそのひとつだ。

それでも沙耶は文句ひとつ言わず、どんな仕事でも黙々と引き受けるのだった。

（私は無能者だから、放り出されずここに置いてもらえるだけありがたい）

瑠璃子をはじめとする血のつながった家族たちから、何度となく聞かされてきた。

『お前が無能だから』

『お前が卑しい女の子どもだから』

最下層の女中のような立場に置かれていても仕方がないのだと、幼い頃から繰り返し言われてきた。

だから、沙耶自身もそれを疑ったことなどない。

姉である瑠璃子がどんなに綺麗な着物を着ていたとしても。よいものを食べ、よいものを身に着け、両親にちやほやされて贅沢三昧に暮らしていたとしても。

（私には、関係ない）

なにも期待しない。なにも望まない。

ただ命じられた仕事を黙々とこなすだけ。それが沙耶の日常だった。

赤ぎれた手に、はぁっと息を吹きかけて温める。

母が亡くなってからというもの、沙耶を気遣ってくれる人など誰もいなかった。

生きるのがつらくても、ただひたすらつらさを飲み込んで辛抱するだけの日々だ。

それでもときどき、飲み込みきれずに苦しくて仕方なくなる。

そういうときにふと思い出す、幼い頃の出来事があった。その思い出のおかげで、なんとかぎりぎり耐えることができた。

そんな、生きるよすがになっている記憶。

あれはまだ沙耶がお使いに行かされ始めて間もない、七つの頃のことだった。

――あの日、幼い沙耶はお使いの途中で道に迷ってしまっていた。

気がついたら知らない通りに出ていて、どうやって目的地に行けばいいのかわからなくなっていた。後戻りしようにも、伊縫の屋敷がどちらにあるのか記憶が定かではない。

誰かに道を聞こうにも、通行人たちは忙しそうに行き来しており、沙耶のか細い声は届かない。そうこうしているうちに人にぶつかって、沙耶は道に倒れてしまった。

その拍子に、手に抱えていた風呂敷包みが沙耶の小さな手から転げ落ちる。

「あぶねぇな、どこ見てやがんだ！」

ぶつかった男は沙耶をどやしつけると、足早に雑踏へと消えていった。

沙耶は立ち上がって転がった風呂敷包みを拾おうとしたが、それより早く別の男が沙耶の風呂敷包みを拾い上げた。

「なんだこりゃ。ずいぶん、上物の着物じゃないかい」

落ちたときに風呂敷包みの端が一部ほどけて、包んでいた着物が見えてしまっていた。

風呂敷の中に大事に包んであったのは、とある店に届けるはずの上等な着物だった。

男はよいものを拾ったとばかりに、ほくほく顔で風呂敷包みを持ち去ろうとしている。

沙耶はすぐに男の腕に縋りついて、必死に頼んだ。

「そ、それはお届け物の着物です！　どうか、返してください！」

しかし、男は沙耶を乱暴に振りほどいた。

「うるせぇ、離せ！　俺が拾ったんだから、俺のもんだ！　お前、ずいぶん小汚い格好してんな。お前みたいなのが奉公人とは思えねぇ。どっかから盗んできたんだろう!?」

「ち、違いますっ！　それはうちの品物です！」

なんとか取り返そうと手を伸ばすが、相手は体格の大きな大人の男だ。背が低くて細身の沙耶に敵うはずもない。

男は沙耶の手を振り払うと人込みの中を逃げていった。

いや、逃げていこうとした。しかし数歩走ったところで、男は派手に転倒する。その拍子に、風呂敷包みはまたも地面に落ちた。

どうやら、男とすれ違いざまにひとりの少年が足をかけて男を転ばせたようだった。

「やろう！　やりやがったな!?」

男は少年に掴みかかろうとしたが、逆に腕を取られて軽々と地面に背負い投げされそのまま組み伏せられた。

「その風呂敷は、そこの嬢ちゃんのだろ。盗人はお巡《まわ》りに突き出さないとな」

少年は男を組み伏せたまま睨みを利かす。

男は、「ひぇっ」と怯《おび》えたような声を出した。少年が男から身体を離せば、男は一目散に逃げていく。

その一部始終を、沙耶はただ呆然《ぼうぜん》と見ているしかできなかった。

少年は風呂敷包みを拾い上げ、軽くはたいて砂を落とすと、沙耶の前に突き出した。

目の前に掲げられた風呂敷包みと少年を、信じられない気持ちで沙耶は交互に見た。

そのとき初めて、彼が赤い瞳をしていることに気づく。

沙耶は生まれてそれまで、人はみな黒い瞳をしているものだと思っていた。沙耶をはじめ、黒い瞳の人間しか周りにいなかったからだ。

「ん？　どっか痛いのか？　怪我でもしたか？」

彼が訝《いぶか》しげに聞くので、沙耶はハッと我に返り、慌てて風呂敷包みを受け取るとぺこりと頭を下げた。

「あ、あ、ありがとう、ございますっ」

顔を上げると、少年はにこっと気持ちのいい笑顔を浮かべて手をひらっとさせる。

「じゃあな、気ぃつけて帰れよ」

少年に手を振りかけて、ふいに沙耶は自分が迷子になったことを思い出した。

立ち去ろうとした彼の左袖を慌てて掴んで、引き止める。

「あ、あ、あのっ、『松木商店《まつきしょうてん》』がどっちにあるか知りませんか？」

「松木商店？　ああ、あの、『桜木通《さくらぎどお》り』にある大店か。こっからちょっと離れてるけど、もしかしてお前、道に迷ったのか？」

こくこくと、沙耶は必死に頷く。目には涙も滲《にじ》んでくる。

ぐすり、と鼻をすすって顔を上向けると、彼の赤い瞳にじっと見つめられていた。

その瞳は少しやんちゃそうで、それでいて深い優しさも浮かんでいる。

母をのぞけば、他人からそんな目を向けられるのは初めてだった。

少年は沙耶の頭をくしゃっと撫《な》でる。

「いいぞ、じゃあその店まで俺が連れていってやる。だからもう、泣くな」

優しい言葉までかけられたおかげで、緊張で張りつめていた沙耶はもっと泣きそうになってしまう。でもこれ以上彼に迷惑はかけられない。ぎゅっと涙をこらえると、袖で涙をぬぐった。

「よし、いこう」

彼は改めてにこっと笑うと、沙耶の手を握る。

沙耶は彼に導かれるまま、雑踏の中を歩き続けた。細身だけどしっかりと筋肉のついた彼の背中だけを見つめて歩く。

彼の手のひらは沙耶よりもずっと大きくて、そしてとても温かかった――。


あの手のぬくもりを、あれから十年経った今でも沙耶はよく覚えていた。

身体が寒さに耐えかねてつらいときや心がどうしても痛むとき、彼のことを思い出すのだ。すると、身体のつらさや心の痛さがほんのりと癒されるような心地になる。

たとえ目の前の現実がどれだけ過酷でも、くじけずにいられた。

あのあと、少年は幼い沙耶を目的の店まで連れていってくれた。当時の自分はあまりに幼くて、目的地にたどりつけた嬉《うれ》しさのあまり、うっかり彼の名前を聞きそびれてしまった。

だから、いまだに彼がどこの誰とも知れない。

それでも、他人と親しく触れ合う機会のほとんどなかった沙耶にとって、彼のかけてくれた言葉の優しさと手のひらの温かさは、数少ない大事な思い出のひとつとして今も胸の中にしまってある。

いつかまた会えたら、と密かに願う気持ちもあった。叶《かな》うはずのない夢物語だとわかっていても、そんな希望とも言えない小さな願いが過酷な現実を生きる支えにすらなっていた。

(さあ、早く洗濯物を済ませてしまおう。まだやらなきゃいけない家事はたくさんあるし、針仕事も残ってるし)

洗い終わった衣類を絞ると、たらいに入れて干場に向かおうと立ち上がる。

そのとき、井戸の縁《ふち》になにかがヨロヨロと舞い降りたのが視界の端に映った。

そちらに目をやると、手のひらほどの大きさの一匹の蝶のような生き物が留まっていた。

(ちょうちょかしら。でもそれにしては、ずいぶんモコモコとした生き物ね。それにまだちょうちょが飛ぶには早すぎるし)

たらいを持ったまま、沙耶はその生き物のそばに行ってじっくりと眺めた。

真綿のような真っ白な身体に、つぶらな瞳。身体と同じく真っ白な羽根に、六本のもこもことした脚。頭からは茶色い耳のような触覚が生え、ほわほわと所在なく動いている。

沙耶のつたない知識を総動員して目の前のものを判断すると、成虫の蚕に似てはいた。

普通、蚕は成虫になる前に繭のまま茹《ゆ》でられて絹糸を取り出すのだが、もしかしたら近くの養蚕場から繁殖用の成虫が逃げ出したのだろうか。

ただそれにしては、大きさが規格外だ。一般的な蚕の成虫の何倍もあるし、なによりモコモコとして可愛らしい。

その生き物はじっと身を縮こませているように見えた。よく観察すると心なしか身体が震えている。

「あなた、寒いのね」

沙耶の身体も寒風にさらされて、すっかり冷えきっている。それでも少しでも温めてあげたい一心でたらいを足元に置くと、その子を手に取り両手で優しく包み込む。

寒風を防ぐことくらいはできるだろう。

沙耶の手の中で、その小さく不思議な生き物はふぅっと人心地ついたように感じられた。手の間からつぶらな瞳で見上げてくる様はなんとも愛らしい。

沙耶の口元にもほのかに笑みが浮かんだ。

「沙耶！　まだちんたら洗濯してるのかい!?」

突然、母屋の方から女中頭の怒鳴る声が飛んでくる。見ると、母屋の小窓から女中頭がこちらを睨みつけていた。

「い、今終わらせます！」

すぐさま答える。女中頭は舌打ちとともに忌々しげに返した。

「終わったら、あたしのところに来るんだよっ。ったく、相変わらずグズなんだから」

それだけ告げると、女中頭は小窓を閉めた。廊下を足早に歩く音が次第に遠のいていく。

沙耶は女中頭の姿が見えなくなって、ほっと胸を撫で下ろした。

「早く終わらせなくちゃ。まだ寒いから、ここに入っているといいわ」

着物の懐にそっと白い生き物を入れると、たらいを持ち上げて干場へと急いだ。

洗濯物を手早く干し終えて女中頭の元へ参じた沙耶を待っていたのは、女中頭の予想外の言葉だった。

「瑠璃子様がお呼びだよ。とっとと来るんだ」

瑠璃子。その名前を聞いただけで、ドクンと心臓が大きく嫌な鼓動を打つのがわかった。

瑠璃子に呼ばれて、なにかよいことなどあるはずがない。気づかないうちに失敗をしでかしていたのだろうか。

（いいえ、お姉様のことだから、ただ機嫌が悪くて八つ当たりする相手が欲しくて呼び出すだけなのかも）

なにしろ、無事に戻ってこられるとは思えない。瑠璃子に折檻されることに比べれば、つらい家事や寝る暇もないほど急ぎの仕立てのほうがまだずっとましだった。

息が浅くなるほど緊張しながら、沙耶は女中頭の後ろについていく。

連れていかれたのは、客間などとして使う座敷だった。

入ってすぐに目に飛び込んできたのは、衣桁《いこう》にかけられた一枚の振袖。

ひと目でとても高価だとわかるほど上質な薄紫色の絹地に、金糸銀糸を混ぜた鮮やかな刺繍が施された一品だったが、その柄には見覚えがあった。

少し前に沙耶自身が仕上げた刺繍だったからだ。

（あら？）

しかし、その刺繍はどこかちぐはぐな印象を受けた。

間近に行って眺めてみる。よく見ると、生地の組み合わせ方が沙耶があらかじめ想定したものとは違う。

着物を仕立てるときの反物の切り方は決まっている。反物のどの箇所が、着物に仕立てたときにどの部分になるかはあらかじめ定まっているのだ。

沙耶ももちろんそれを念頭に入れて、着物へ仕立てたときにひとつの柄としてつながるように図案を考えて刺繍している。

この着物の柄は、着物として仕立てたときに肩口から背中にかけてひとつなぎの藤の花が浮かび上がるように刺繍を施したはずだった。

それなのに、できあがった着物はなぜかその刺繍がひとつにつながっていない。

これは、反物から着物に仕立て上げるときに反物の裁断を間違え、さらにそれに気づかずそのまま縫い上げてしまったと推測できた。

（これじゃ、お着物がかわいそう……）

せっかくの美しい反物が台無しだ。

縫い付けられている糸は通常の糸とは違う。ぱっと見は無色透明だが、陽の光を受けると美しく輝く特別な糸だった。間違いなく、伊縫家の神縫いの力で縫われたものだ。

つまり、この着物を仕立てたのは……。

そのとき、背後から大きな声が飛んできた。

「沙耶！　これはどういうことよ！」

振り返ると、真っ赤な振袖に身を包んだ瑠璃子が目を吊《つ》り上げてこちらを睨んでいた。

「ど、どうと言われましても……」

なぜ自分が怒鳴られるのかわからず、沙耶は口ごもる。

瑠璃子はつかつかと沙耶の前まで歩いてくると、沙耶の右頬をいきなり強く叩《たた》いた。

「……っ」

「なんで、こんなまねをしたのかって聞いてんのよ！　せっかくの上等な反物が台無しじゃない！　これは神憑き五家のひとつ、土御門家様に渡す予定の着物だって言ってあったでしょ!!　どうしてくれんのよ。これじゃ納期に間に合わないじゃない!!」

「で、でも」

沙耶は、反物の刺繍はちゃんと綺麗に仕上げたのだ。何度も何度も慎重に慎重を重ねて確認したので、間違えたとは思えない。

台無しにしたというなら、この着物を仕立てた人間だろう。

布の合わせ方を間違えて縫ってしまったのなら、一度糸をほどいて正しく縫いかえればいいだけだ。しかし、反物の裁断から間違えてしまったのならば、もう直しようがない。

「縫ってみて初めて、こんなひどい模様だってわかったわ。納期に間に合わないだけじゃないわよ。御白様の神糸はとても貴重なものなのよ!?　それをこんなに無駄にして。どうしてくれんのよ。あんた、責任とれんの!?」

瑠璃子は般若のような形相で責め立てる。やはりこの着物を仕立てたのは瑠璃子で間違いないようだ。

神縫いにはふたつのやり方がある。どちらも御白様の神糸を使うことに違いはないが、縫い方が異なるのだ。

ひとつは、裁断した反物を神糸によって縫い合わせて着物を仕立てるやり方。

もうひとつは、仕立て上げた着物の生地の上から神糸で刺繍を施し加護を巡らせるやり方。

より高価で貴重なのは後者だが、瑠璃子ができるのは前者の仕立て糸として神糸を使うやり方だけだ。

これだと、洗い張りをすれば加護は消えてしまうため、洗えない着物となる。

着物は洋服のようにそのまま洗うことができないため、洗うときにはいったんすべての仕立て糸を抜き取って洗い張りをしなければならない。そのため、仕立て糸だけに神糸を使った場合は、洗い張りのために着物をばらすと神縫いによる加護を失ってしまうのだ。

一方、着物の表面を神糸で刺繍する場合は、洗い張りにも耐えられる。何年でも何十年でも神の加護を失わずに済むのだ。しかし、瑠璃子は刺繍による神縫いはできなかった。唯一できるのは着物の仕立てだけである。

それでも神縫いをできる人間は瑠璃子と父の泰成しかいないため、伊縫家では下にも置かない扱いを受けていた。

父の泰成はそれなりの腕を持っていたが、父の持つ御白様はとても小さくなっておりいつ消えてもおかしくない状態だったため、現在はほとんど神縫いをすることはない。

伊縫家の神憑きの力は、瑠璃子ひとりに頼っているのだ。

それゆえ伊縫家の中で絶対的な権力をふるう瑠璃子。その彼女に失敗などあってはならない。だから、失敗の責任をすべて沙耶ひとりに押しつけたいのだろう。

それにしても、いくら瑠璃子といえどこのような間違いを犯すだろうか。仮に裁断を間違えたとしても仕立てる前に気づくはずだ。

「あんたは、本当に無能よね。伊縫家の恥だわ」

瑠璃子はまだ怒り続けていたが、その目元に笑みのようなものが薄く浮かんでいることに沙耶は気づく。痛めつけることが嬉しくて仕方がないといった嗜虐的《しぎゃくてき》な色さえ感じられた。

(もしかしてお姉様、わざと間違えてお仕立てなさったの？)

そんな疑いさえ浮かんでくる。そこまでして沙耶に罪をなすりつけて貶《おとし》めたいのだろうか。

それにしたって土御門様に渡すような大切な着物をなぜ？というもやもやとした気持ちも晴れない。

「なによ、その反抗的な目は。お前がちゃんと刺繍しないから悪いんでしょう？」

再度、沙耶を叩こうと瑠璃子が手を振り上げる。

沙耶は痛みを覚悟して身を固くした。そこに、父と継母の艶子もやってくる。

「あらあら、瑠璃子さん。これが沙耶が粗相した着物ですのね」

綺麗に髪を結い上げ、鶯色《うぐいすいろ》の色留袖の裾に金色の蝶が舞う派手な装いの継母・艶子が声をあげた。

「そうなの、お母様。沙耶がやったのよ。これじゃ、土御門様にお渡しできないわ」

「せっかくの上等な絹地が台無しじゃないの。いったい、これでどれだけの損失がでたのやら」

帯に挿してあった扇子を広げて口元に当てながら、眉をひそめる艶子。

艶子は瑠璃子同様、普段から難癖をつけては沙耶をいびってくる。

まして今回は、ただいびってくるだけではすまないだろう。沙耶がしでかした失敗ではないとはいえ、それをここで言えば、さらにきつく叱られるに違いない。

助けを求める目を父の泰成に向けるものの、父は沙耶の視線に気づくとバツが悪そうにふいっと視線をそらした。

父は沙耶を直接いびってくることはない。しかし、神縫いの力をほとんど失いかけている父は、伊縫家での影響力を失っている。いまや瑠璃子と艶子の言いなりだ。このときも、沙耶の仕業でないとわかっていながら、見て見ぬふりをする心づもりのようだった。

唯一の希望も絶たれ、沙耶の目が絶望の色に曇る。

一方、瑠璃子と艶子は、商品としての価値を失った着物を前にああだこうだと沙耶への罵倒を続けている。

「刺繍の腕だけは達者だからうちに置いておいてやっていたけど、こんな粗相をするようならもう置いておくわけにもいきませんわね」

そう艶子が言うと、瑠璃子がどこか楽しそうに返す。

「そうよ、お母様。あの恩知らずには、それ相応の罰を与えなきゃ。折檻だけじゃ足りないわね。もっとこう、曲がった根性を叩き直すような……」

艶子はパチンと扇子を鳴らした。

「そうですわ。ちょうど今日の午後、狢屋《むじなや》が来る予定になっていますのよ。得体のしれない者たちだけど、人の売り買いもやっていると噂《うわさ》に聞きましたわ。ちょうどいいから、この子を売りに出してしまいましょうよ、泰成さん。こんな役立たずのごく潰しでも、売れば多少のお金になるでしょう。そのお金で少しでも損失の穴を埋めてもらわなくちゃ。土御門様には、前に沙耶が刺繍した別の反物があったじゃない？　あれを着物に仕立てれば納期には間に合うんじゃないかしら？」

艶子は、にやりと笑みを浮かべて沙耶を見る。

そこで沙耶はようやく理解する。今回の失態は、瑠璃子と艶子によってあらかじめ仕組まれたことだったのだ。初めから粗末にすることを前提に藤の反物は刺繍させられていたに違いない。すべては、沙耶に罪をなすりつけてこの家から追い出すために。

艶子が腹違いの娘である沙耶を疎ましく思っていたのは、幼い頃から感じている。視界に入っただけで不機嫌になるほど嫌われているのもわかっていた。

それで、沙耶を陥れるためにもっともらしい理由をつけて、どこかへやってしまおうと考えたのだろう。沙耶は神縫いができるわけではない。刺繍や仕立てがうまいだけなら他の女工でも事足りる。いなくなったところで伊縫家にはなんの損にもならないのだ。

売り飛ばされて沙耶がひどい目に合うのなら、なおさら具合がいいとばかりに、艶子は上機嫌に目を弓なりにして微笑む。

（狢屋……）

沙耶も、その名を耳にしたことはあった。

なんでも高額な代償と引き換えにどんなものでも用立てるという、神憑きや上級華族たち御用達の業者だ。彼らは、地位ある人々が表だって求められないようなものも用立てることができるという怖い噂も聞いた覚えがある。その商品には、人間すら含まれるとか。

そんなところに売られれば、どんな未来が待っているかわからない。虐げられているとはいえ、この家にいたほうが遥《はる》かにましだった。

底知れぬ不安と恐怖に、身体が自然と震え上がる。

対照的に瑠璃子は嬉しそうに、艶子の提案に同意した。

「お母様、それがいいわ。こんな無能者、家に置いておいても伊縫家の恥ですもの。早く売っぱらってしまいましょうよ」

艶子は大きく頷くと、泰成の腕に絡みついてしなだれかかる。

「ねぇ、あなたもそうお思いになるでしょう?」

上目遣いに意見を求められた泰成は、ドキリと肩を揺らした。そして気まずそうに沙耶に目を向ける。

「お、お父様」

沙耶は一縷《いちる》の望みをかけて父に助けを求めるが、父はすぐにまたすっと沙耶から視線をそらした。まるで、視界に入りさえしなければ存在しないとでもいうかのように。

「す、好きにすればいい」

ぼそりと泰成が同意したものだから、瑠璃子と艶子は手を取り合って喜び合う。

「よかった！　お母様、これでもううっとうしい顔を見なくて済むのね」

「ええ。ようやくこれで、伊縫家が本来あるべき姿を取り戻すのよ」

沙耶は最後の望みも絶たれて、その場によろよろと座り込む。しかし、絶望に打ちひしがれる時間すら沙耶には与えられなかった。

「ほら、沙耶。大した荷物もないでしょうけど、さっさと支度してらっしゃい。もう二度とこの家には戻ってこれないでしょうから」

艶子が扇子で、あっちへ行けと示す。

足に力が入らなかったが、なんとか立ち上がると沙耶はよろよろとその場を立ち去る。

座敷からは、楽しそうな艶子と瑠璃子のはしゃぐ声が廊下にまで聞こえていた。

その声に背中を押されるようにして、とぼとぼと座敷をあとにする。勝手口の土間で擦り切れた自分の草履に足を入れ、誰にも見つからぬよう物音も立てずに裏庭へ出た。

普段寝起きしている女工部屋へと向かう途中、いつの間にか双眸《そうぼう》からほろほろと静かに涙がこぼれ落ちて頬を伝った。

(ついに追い出されちゃうんだ)

物心ついて以来ずっと、血のつながった家族から疎まれてきた。

数年前に母が死んでからは、さらにいっそうひどく虐げられるようになっていた。

自分は役立たずなんだ。家族にとっては目障りなお荷物なんだと、ずっと引け目を感じていた。

いつか捨てられるかもしれない、そう思うと怖くてたまらなくて、捨てられないように必死で働いてきた。反物への和刺繍と着物の仕立てだけは誰にも負けないくらいの腕を身につけなければと頑張ってきた。

そのかいもあって十七になった今では、伊縫家が雇っている女工の誰にも引けを取らないほどの腕前にまでなっている。

(それでも、捨てられるときは捨てられてしまうのね)

頬を伝う涙を、両手でぬぐう。

学校に行かせてもらえず、お使い以外では外に出たこともない沙耶にとって、伊縫家の敷地の外は恐ろしい未知の世界だ。

この屋敷から放り出されるなんて、考えるだけでも怖くて仕方がない。

rout

狢屋に売られてしまえば、どんな処遇が待っているかわからない。女中や召使いとして買われるならまだましだ。それ以外は考えるだけでも血の気が引く。

帝都より遠くへやられてしまうとも考えられる。

不安は募るばかりで、悲しさに涙が滲み頬を濡《ぬ》らす。

そのとき、胸元がもそもそと動きだした。なにかと思って足を止めると、ひょっこりとあの不思議な白い生き物が顔を出す。

(あれ？　あなたは……)

胸元に入れたままだったのを、すっかり忘れていた。

白い生き物はパタパタと羽ばたいて沙耶の肩に留まり、小首をかしげる。

『きゅるる？』

どうしたの？とでも聞くようなその仕草はなんとも愛らしい。

(まるで慰めてくれているみたい。ううん、そんなはずないってわかっているけど、今はいいの)

不思議な生き物であっても、一緒にいてくれるのはありがたかった。

生まれ育った我が家をたったひとりで立ち去る準備をするのは寂しすぎたから。

「あなた、どこから来たの？　元の場所に戻してあげたいけれど、私にはあなたがどこから来たのか、見当がつかなくて」

そう呟《つぶや》くと、その小さな生き物は『きゅい！』と右前脚を上げて小さく鳴いた。

まるで返事をしているかのような可愛いしぐさに沙耶はふっと笑みをこぼし、指で涙をぬぐった。

「ありがとう。どこの子なのかわかったら、すぐに返してあげるからね」

そっと優しく頭を撫でれば、その小さな生き物はくすぐったそうにしている。

でも、ぐずぐずしているとまた瑠璃子や継母になにか言われるかもしれない。

「そうだ、急がなきゃ。あとであなたの名前、考えてあげるね」

そんなことを口にしながら歩き始めた沙耶の耳に、小さな子どものような声が掠《かす》めた。

『ボク、コカゲっていうの』

「え？」

急に声がしたものだから驚いて沙耶は再び足を止めた。きょろきょろと辺りを見回してみるが、近くに子どもの姿はない。

「おかしいな」

小首をかしげながらも、空耳だったのかなと思い直したとき。

『ボク、サヤのところにいるってきめた』

今度ははっきりと聞こえた。たしかに、沙耶の肩口から子どものような幼くあどけない声がしたのだ。

どう考えても、肩にのっているその白く小さな生き物が声を発したようにしか思えなかった。

「……もしかして、今しゃべったのは、あなた？」

おそるおそる尋ねると、小さな生き物は嬉しそうに目を細めた。

『うん。ボク、コカゲっていうの』

今度ははっきりと沙耶に語りかけているのがわかった。

蚕の成虫かなにかと思っていたが、この子はもしかして妖《あやかし》の類なのかしら、と沙耶は不安になる。

帝都は神憑き五家に守られているものの、帝都の外には妖や鬼といった魑魅魍魎が蠢《うごめ》いており、そういったものがたまに帝都にも入り込むことがあると聞いた覚えがあった。

母にも、『妖には人間の姿をしたものや、人語を話して人を騙《だま》すものもいるから、もしそういうものを見つけても近づいてはいけないよ』とよく言いつけられていた。

今まで生きてきてそういう類のものを目にした機会がなかったから、すっかり忘れていた。

どうしよう、どうしたらいいんだろうとおろおろする沙耶だったが。

『ボクは、わるいものじゃないもん。ここにずっといたんだよ』

コカゲと名乗ったその小さな生き物は、羽根をぱたぱたと羽ばたかせて沙耶の周りを飛び回る。

『いそいでるんじゃないの？』

コカゲに指摘されて、沙耶もハッとする。

「そうだった。早く支度しなきゃ」

女工部屋へと急ぐ沙耶の後ろを、コカゲはひゅいっと身軽に飛んでついてきた。

支度といっても、沙耶の私物は少ない。着替えの薄い着物が一枚と、身の回りのものが少しあるくらいだ。母の形見は、すべて捨てられてしまってなにも残ってはいない。

沙耶は私物をすべて一枚の風呂敷に包むと、今はみな出払って誰もいない女工部屋の戸口で向きを変え、部屋の中に向かってぺこりと頭を下げた。

（今までお世話になりました）

女工十人ほどが暮らす狭い部屋だが、物心ついたときから沙耶は母とここで暮らしてきた。そんな亡き母との思い出がたくさん詰まったこの部屋を去らなければならない。

もう二度とここには戻れないという寂しさで胸が潰れそうだった。

屋敷の母屋へ戻ると、女中頭に応接室へと連れていかれる。

応接室では父が待っていた。瑠璃子と艶子の姿はなく、代わりに見知らぬ男が父と話をしていた。

男は沙耶が部屋に入ると、ソファから立ち上がって出迎えてくれる。

すらりと背の高い男で、後ろに撫でつけた髪には白いものが混じり灰色に見える。

二十代にも、老成した五、六十代にも見える不思議な顔立ちの男だった。

落ち着いたこげ茶色の三つ揃《ぞろ》えに身を包み、銀縁の眼鏡の向こうから沙耶を見つめて男は目を細めた。

「彼女が、今回お売りになりたい娘、ということでよろしいんですね？」

男は父に確かめるが、父は「ああ」と短く答えただけだった。まともに沙耶の方を見ようともしない。

「女工の娘だ。仕立ての仕事は一応覚えさせてはいるが、それ以外はとりたてて売りになるようなところはなにもない」

父は沙耶から視線をそらしたまま、早口で伝える。早く沙耶を売り払ってしまいたいようだ。

（お父様。自分の娘だとは言ってくださらないんですね）

父として接してもらった覚えはほとんどない。それでもせめて最後の別れくらいは、父としてなにか言葉をかけてくれるんじゃないかとわずかに期待したが、過ぎた願いだったようだ。

目頭に涙が浮かびそうになるものの、なんとかこらえられたのは、胸元でじっとしているコカゲの存在を感じたからかもしれない。

親子の間に流れる気まずい空気を知ってか知らずか、客人の男は沙耶の前まで来ると丁寧に腰を折った。

「ご挨拶が遅れました。私は貉屋というよろず屋をやっております、八尾《やつお》と申します」

「八尾、様？」

沙耶が繰り返すと、八尾はにっこりと笑みを返す。

「ええ。以後お見知りおきを。さて、さっそく査定をさせていただきますが……」

八尾は顎に手を当てて、ふむと唸《うな》る。心細げに立つ沙耶を頭の上から足の先までじっくり観察したあと、足元に置いていた飴色《あめいろ》の革カバンから細長い短冊のような冊子を取り出して、そこに万年筆でさらさらとなにかを書きつけた。

「仕立てができる女工の娘、という話でしたので、これくらいの値段でどうでしょう？」

冊子からぴりっと一枚紙を切り取って、父に差し出す。

父はちらりと一瞥しただけで、小さく頷いた。

「それで構わん。さっさと連れていってくれ。その娘がいつまでもここにいると、うちの娘と妻の機嫌が悪くなるんだ」

居心地悪そうに言う父に八尾は、「まいど、ありがとうございます」とにっこり笑むと、さっさと万年筆や冊子を革カバンへと片付け始める。

父は受け取った紙切れを自分の懐へ無造作に入れ、「じゃあ、頼んだぞ」と念を押してから、そそくさと部屋をあとにした。

部屋を出る直前、すれ違いざまに父がぼそりとなにかを呟くのが聞こえた。沙耶だけに届く程度の小さな声だったが、父がなんと言ったのかははっきりとわかった。

父の言葉が、沙耶の顔をいっそう暗くして俯《うつむ》かせる。

父が去ったあと、今度は八尾が沙耶のそばに来て背にそっと手を当て、優しく語りかけてきた。

「商談成立です。さぁ、行きましょう、お嬢さん。あなたはもう、ワタシたちのものなのですから」

「は、はい……」

沙耶は私物の風呂敷包みを胸に抱いて、八尾に促されるままに伊縫家の屋敷をあとにした。

屋敷を出たところに用意されていた屋根なしの馬車に乗り、着いたところは賑《にぎ》やかな繁華街の一角だった。

大通りには赤ちょうちんが吊るされ、夕闇迫る中、ほのかな明かりを灯している。通りの両側には春を売る店がずらりと並び、格子の向こうからは女たちが妖艶な笑みを行き交う人々に投げかけている。道を歩くのはほとんどが男たちで、客引きの声も多く聞かれた。

いわゆる花街というところのようだ。

沙耶はおっかなびっくり、馬車の中から花街を眺めていた。

「花街がそんなに珍しいですか？」

向かいの席に足を組んで腰かけている八尾が話しかけてくる。

沙耶は八尾へと視線を向けて、こくりと小さく頷いた。

女工たちの中にはかつて花街で働いていたという人や、姉妹が花街にいるという者も少なくはない。だから、女工たちが話しているのを耳にして、花街の存在は沙耶も知ってはいた。しかし、実際に訪れたのは初めてだ。活気ある妖艶な街の雰囲気に、すっかり怖じ気づいていた。

八尾は怪訝《けげん》な表情で片眉を上げる。

「伊織様はあなたを女工の娘とおっしゃっていましたが、本当に女工として働いていたんですか？」

もう一度こくりと沙耶は頷いた。

「物心つく前からずっと仕立てや和刺繍の仕事をしています。母に仕込まれました」

八尾は顎に手を当てて、ふむと唸る。再びあの値踏みするような視線を沙耶に向けた。

「そうですか。母君が」

「あ、あの、私も、花街などに売られてしまうのでしょうか」

花街は女性が春を売る場所だと噂に聞いた。どこに売られるにせよ、せめて仕立ての仕事をさせてもらえるところならいいのに、なんてうっすら思っていると、八尾はクスクスと笑いだした。

なにがおかしいのだろうと不思議そうにしていたら、八尾は意外な言葉を口にした。

「値付けが変わるのであの場では言いませんでしたが、あなたは伊縫家の血を引く娘ですよね？」

ドキリと心臓が大きく鳴った。ついで、さぁっと血の気が引いていくような心地になる。

伊縫の屋敷を出る直前、沙耶は父から『絶対に伊縫を名乗るでないぞ』と耳打ちされていたのだ。それは自分が伊縫家の出自である事実を絶対に周りに知らせるな、伊縫とは無関係を装えという指示だと理解した。

しかし、こうもあっさり見抜かれてしまうとは。

黙りこくってしまった沙耶。

八尾は立ち上がると、沙耶の隣に座り直す。沙耶の耳元に顔を近づけて、内緒話でもするように声をひそめた。

「言いたくないのなら言わなくてもよいのです。伊縫のご当主はあえてそれを隠して売ろうとしていたようですし、なにか深いご事情があるのでしょう。それに」

八尾はすっと目を細めた。昔、絵本で見た狐《きつね》の妖のような面影をおびて、さらに得体の知れなさが増す。

沙耶は少し彼にうすら怖いものを感じた。

八尾は、にぃと口端を引いて笑う。

「序列下位とはいえ、神憑きの家ともあろうものが血のつながる娘をワタシ共のようなところに売るだなんて前代未聞、末代までの恥ですからね。いや、もちろん商売ですから。ワタシも外聞はいたしませんよ、決して。それにしても、神憑きの血を引く娘をあんな破格の安さで手放すなんて、伊縫も本当に馬鹿なことをした」

そして、足元に置いた革カバンからごそごそとなにかを取り出した。

見ると、彼が手にしたのは細長い冊子のようなもの。屋敷を出る前、彼がそこになにか書きつけて父に渡していたのを思い出す。

「これは、小切手帖《ちょう》というものです。これに金額を書いて渡せば、もらった相手はそれを銀行に持ち込んで現金に替えられるという便利な代物なんですがね」

彼は小切手帖をぱらりとめくる。一番上に残る半券に書かれた金額を指さした。

「ワタシもこの商売は長いですが、さすがに今まで神憑きの本家の方を売り物にしたことはございません。分家の分家の末端ならまぁ何度かありましたが、それでもこの十倍以上の値がつくものです。伊縫のご当主様は値段を問わず一刻も早くあなたを手放したかったらしい」

自分に付けられた値を見ると、売られたことが現実のものとして感じられた。

もう二度と伊縫の屋敷には戻れないのだ。つらい記憶ばかりだったけれど、沙耶にとってはあそこが生きる世界のすべてだったのに。

沙耶は膝に置いた手で裾を掴んで、ぎゅっと握った。

「伊縫の力を期待されているのでしたら、申し訳ありません。私は生まれつき、神憑きとしての力を持っていない無能者なんです」

いくら神憑きの家に生まれようとも、無能者ならば一般人と変わらない。

ただ仕立てができるだけのお針子ならば、世の中にたくさんいる。沙耶には小切手帖に書かれた金額ですら自分には分不相応の高額に見え、申し訳なさのあまり俯いた。

「そうですか？　ワタシにはどうも……。いや、これ以上はやめましょう」

八尾の視線は、いつの間にか沙耶の胸元からちょこんと顔を出していたコカゲに向けられていたが、沙耶は気づかなかった。

沙耶たちが乗った馬車は、花街の奥にひっそりとたたずむ門の中へと吸い込まれていく。

門をくぐると、花街の賑やかな喧騒《けんそう》が急に静かになったように感じられた。

先に降りた八尾に手を支えてもらいながら沙耶も馬車から下りて、目の前の屋敷を見上げた。

伊縫家の屋敷ほどではないが、大きな二階建の屋敷だった。周りを見ると、よく手入れされた園庭に、小ぶりな池まである。

「昔は名の知れた料亭だったらしいんですがね。廃業して売りに出されていたところをワタシが買って、猪屋の店舗として使っています。さあ、どうぞ」

促されて、玄関から屋敷の中へと上がる。

不思議なことに、屋敷の中は外から見かけたよりもずっと広そうに見えた。

長い廊下が遥か奥まで続いている。いったいどれほどの広さがあるのだろうか。

「ああ、あまり奥まで行かないでくださいね。この屋敷には防犯などのためにさまざまな術がかけられています。商品の中にはこの屋敷の中で行方不明になって、半年後に変わり果てた姿で見つかったかわいそうな者もいますし、他の商品に食べられてしまった哀れな者もいました。ここには人ならざる商品も多数運び込まれますからね」

八尾の忠告に、沙耶は「ひっ」と喉を鳴らして抱えた風呂敷包みを抱いた。

クスクスと八尾はおかしそうに笑う。

「ワタシの指示した場所にいる限りは大丈夫ですよ。さて、あなたの行き先が決まるまでしばしここに滞在してもらいます。それまでそこの手前の部屋で好きに過ごしてください。ただし、逃げようとは思わないでくださいね。さっきも言いましたが、この屋敷にはあちこちに術がかけられていますから痛い目にあいますよ。なに、あなたほどの商品だ、すぐに行き先は決まりますよ」

そう言って切れ長の目を細める八尾を見ていると、不安ばかり胸に湧いてくる。

その不安を振り払うために、沙耶は意を決して八尾に尋ねた。

「他に、なにかお手伝いできることはありませんか？」

「おや？　なにもしなくていいと申したのですが、それではご不満ですか？」

ゆるゆると沙耶は頭を横に振った。

「今までなにもせずいたことがないもので、どうしていいのかわからなくて。用事があればなんでもお申し付けください。家事もひととおり仕込まれました。仕立てや洗い張りもできます」

なにか役に立ちたかった。役に立たないとまた捨てられてしまうという強迫観念のような思いで懸命に頼み込む。

沙耶の必死さに折れたのか、八尾は腕を組んでフムと唸る。

「わかりました。それでは、掃除などお願いできますか。この屋敷には本来なら何人か従業員がいるんですが、今は繁忙期でみな買い付けや商談に出かけてしまって、屋敷の中が手薄になっていましてね」

「頑張ります」

ぺこりと深く頭を下げる。

「さあ、とりあえず、荷物を置いてきてください。屋敷の掃除はそれからです」

八尾に背中を押されて自分にあてがわれた部屋に入ると、すぐに引き戸が閉められた。八尾の足音が遠ざかって、やがて聞こえなくなる。

ようやく沙耶はほっと小さく息をついた。

そこは四畳半ほどの小さな部屋だったが、沙耶の他には誰もいない。コカゲがもぞもぞと胸元から這い出してきて、肩の上に収まった。

『サヤ、コカゲがいるから、だいじょぶだよ』

可愛らしい声で励まされると、沙耶の緊張もほぐれて顔も自然とほころぶ。

「うん。ありがとうね。コカゲちゃん」

初めはコカゲがしゃべれることに驚いたものだが、いつの間にか気にならなくなっていた。不思議だが、さっき拾ったばかりだというのに、ずっと前から一緒にいたような妙な安心感を覚えるのだった。

その日から、狢屋での生活が始まった。

狢屋には、八尾以外にも多くの者たちが出入りする。

従業員は常時五、六人はいるらしい。老若男女いろいろな従業員がいたが、沙耶よりずっと若そうなのに老成した言葉遣いをする少年や、老婆のように見えるのに妙にかくしゃくとしている女性など、普通の人とはどこか違う印象を覚える者たちばかりだった。

狢屋に来る客も、後を絶たない。

花街の女性とおぼしき麗しき娼妓《しょうぎ》や、凛《りん》とした佇《たたず》まいをした年配の芸妓。人目を忍んでやってくる代議士や高級官吏たち。神憑き家の関係者たちもいた。

沙耶は、朝は誰よりも早く起きて従業員たちの朝ごはんを作り、店の周りの掃き掃除をした。食事が終われば屋敷の中の掃除や洗濯に追われ、昼食、夕飯とひとりで準備をし、夜は一番遅くまで起きて繕い物などをする。

沙耶が来るまでこの屋敷ではいったいどうやって家事を回していたのかと不思議だったが、どうやら当番制だったらしく、沙耶のおかげで当番から解放されたと従業員たちから礼を言われたりもした。

沙耶が家事をしている間、コカゲはずっと沙耶の肩に留まったり、近くを飛び回ったりしていた。しかし、狢屋の従業員たちは誰ひとり気にした様子がなかった。

屋敷の隣には納屋があり、そこには狢屋で商品として扱われている見たこともない生き物たちが大小さまざまな檻《おり》で飼われている。中には人語をしゃべる狸《たぬき》や、新聞を読むのが好きな尻尾が三本生えた猫などもいた。

それらは普通の動物ではなく、妖の部類らしい。それらに朝晩二回、餌をやるのも沙耶の仕事のひとつとなっていた。

そんな環境だったからか、狢屋の従業員たちはコカゲを沙耶が飼っている妖の一種とでも思っているようだった。

そして、沙耶が狢屋にやってきてから一週間ほどが過ぎたある日。沙耶は朝から八尾の着物の洗い張りに励んでいた。

頼まれた着物は二枚。紺色のものと、灰色の生地のものだ。二枚とも縫い目をほどいて反物の状態にばらすと、井戸水で丁寧に洗う。そのあと、糊をつけた反物を板にピンと張り付けて形が崩れないようにしてから乾かすのだ。

着物はこういう手間をかけないと丸洗いができない。

（洋服は洗うときにほどく必要がないって聞いたけど本当なのかしら）

八尾はよく洋装の三つ揃えを着ているが、あれなどはどうやって洗えばいいのか皆目見当がつかない。

そんなことを考えながら、反物を張り終えた板を屋敷の裏庭の壁に立てかけていく。からりとした晴天のおかげで、夕方には反物はすっかり乾いていた。

乾いた反物は板から剥がして、自室として与えられている部屋に持ち込んだ。四畳半ほどの部屋だったが、女工たちの大部屋で育った沙耶にはそれでも充分な広さだ。

そのあと夕飯の支度を済ませ、後片付けまで終わった頃には夜もとっぷり更けていた。

自室に戻って行燈《あんどん》に火を灯すと、部屋の真ん中で山のようになっている反物のそばに腰を下ろす。

「さて、もうひと働き」

八尾から借りた裁縫箱を開ける。糸巻から糸を取り出して針に通したら、着物生地を手に取って縫い合わせていく。

反物は大小さまざまな長方形でできている。それぞれ着物のどの部分にあたるのかが決まっているので、縫い間違えたら大変だ。

慎重に針を進める。そうしているうちに、糸が短くなってくる。

糸が短くなれば、裁縫箱から新しい糸を引き出して針に通し、縫い物を続ける。

そうやって無心で作業をしていたら、糸巻の糸がなくなってしまった。

「明日、八尾さんに頼んで新しい糸をもらわなきゃ」

残念に思いながら裁縫箱を閉じた。残りの縫い物は明日にするしかないと諦めて片づけていると、裁縫箱の蓋の上でコカゲがなにやらじたばたしだす。

「コカゲちゃん、どうしたの？」

よく見ると、コカゲは蓋に掴まったままブンブンと強く羽根を羽ばたかせていた。するとコカゲの周りに白いモヤのようなものが集まり始める。昔、一度だけ街で見た、綿菓子を作るときのようだ。

『サヤ、ボクのイト、つかって』

「糸？　これのこと？」

沙耶がコカゲの周りに集まった白いモヤに指で触れて手を引くと、一本の糸がモヤの中からツーッと引き出された。端を両手で持って引っ張ってみたら、ピンと張る。強度も申し分なさそうだ。まるで絹糸のようなしなやかさと弾力性があり、行燈の光をきらりと反射した光沢のある糸だった。

「驚いた。本当に絹糸みたい」

『つかって、つかって』

コカゲは嬉しそうに羽根をブンブンとさせている。

はたしてこの糸のようなものを仕立てに使っていいものかと少し迷うが、糸があれば寝るまでにもう少し縫い物に取りかかれる。そうなれば八尾に洗い上がった着物を早く渡せるだろう。沙耶はこくりと頷いた。

「じゃあ、使わせてもらうわね」

『うん！』

さっそく針にコカゲの糸を通して、着物を縫い合わせてみた。するりとした肌触りがある糸で、とても縫いやすい。

コカゲの糸のおかげで、予定よりもずっと早く仕立てが進む。

「ありがとう。コカゲちゃん」

『ボク、サヤのやくにたてるのがうれしいんだもん』

礼を言うと、コカゲは嬉しそうにパタパタと沙耶の周りを飛ぶのだった。

数日後の昼下がり。

沙耶は早々に昼食の洗い物を済ませると、盆にお茶といただきもののカステラをのせて八尾の執務室へと持っていった。

他の従業員たちはみな出払ってしまっている。コカゲは、沙耶の胸元で大人しくしていた。もしかしたら寝ているのかもしれない。

八尾の執務室は、玄関から入ってすぐ右手にある。広めの洋室で、手前に商談をするためのソファやテーブルが置かれ、その奥に執務机があった。

執務机では八尾が仕事の真っ最中だ。

綺麗に整頓された机の上には大きな帳簿が開いてあり、八尾はインク壺《つぼ》に万年筆のペン先をつけては数字を書きつけていく。

彼は外に出かけるときは洋装の三つ揃えを着ていることが多いが、屋敷の中では羽織姿で過ごす日も多い。今、八尾が濃緑色の羽織の下に着ているのは、先日沙耶が洗い張りして仕立て直した紺色の着物だ。鼠色の帯がよく似合っていた。

お仕事の邪魔をしてはいけないと思い、沙耶はそっと机の端にお茶とカステラを置いた。このカステラは昨日来た客が手土産に置いていったものだ。帝都の有名菓子店のものらしい。

八尾は顔を上げると、沙耶ににこりと微笑みかけた。

彼の張り付いたような笑顔にはまだちょっと慣れない。どこかうすら寒い怖さを覚える。まるで人ではないなにかが人のふりをしているような、そんな居心地の悪さを感じてしまうのだ。

「おや、カステラですか。いいですね。甘いものは疲れを癒してくれます。まだ残りがあるでしょう？　よかったら、あなたもお食べなさい」

八尾の申し出に、沙耶は盆を胸に抱いたままふるふると首を横に振る。家事をするために後ろでひとつにゆるくまとめている黒髪も一緒に揺れた。

「いえ、滅相もありません。それより、なにか手伝えることはありませんか。掃除も洗濯も終わってしまって……」

もじもじと尋ねる沙耶に、八尾は首をかしげる。

「そうですね。あなたには、いろいろと屋敷の家事をやってもらって本当に助かってますから。なにもすることがないなら部屋でゴロゴロしててもらってても構いませんが」

「そ、そんなわけには」

ゴロゴロしていろと言われても、どうやってゴロゴロすればいいのかすらわからない。畳に転がるのだろうか。

それよりも、なにか命じてくれたほうがずっと気が楽だった。

「でしたら、また着物の洗い張りをお願いできますか？　この着物を見たら、他の者たちに自分たちの着物もやってほしいとやいのやいの言われましてね。いくつか頼まれているんです」

「は、はいっ。いくらでもっ」

着物と聞いて、沙耶の目がわずかに輝く。しかし、そこでふと、いつもの木綿糸ではなくコカゲが生み出した糸を使って着物を縫い合わせたのを思い出した。

「あ、あの。着心地はいかがですか？　ほつれたりはしていませんか？　その、ちょっといつもと違う糸を使ってしまって……」

勝手にコカゲの糸を使って怒られるんじゃないかと沙耶は内心びくびくしていた。

しかし、予想に反して八尾は満足そうに、すーっと目を細めた。

「とても素晴らしいですよ。この一着だけでも、あなたを買った端金などすっかり元を取ったようなもんです。やはりワタシの目に狂いはなかった」

「え？」

ただ着物を洗い張りしただけなのに、なぜそんなふうに言われるのか意味がわからず聞き返したとき、背後からガラガラガラという大きな音が響いた。

驚いて振り返る。どうやら玄関の引き戸が勢いよく開けられた音だと遅れて気づいた。

「やれやれ、騒がしい客だ」

八尾は椅子から立ち上がると、執務室のドアへと足を向けた。

彼がドアの前についた瞬間、ドアがひとりでに勢いよく開く。

八尾はドアに鼻頭をぶつけそうになりながらも、寸前で器用によけた。

開いたドアから顔を出したのは、ひとりの青年だった。

「狢屋はいるか？　ああ、なんだ、こんなとこにいたのか」

日の前で冷や汗をぬぐっている八尾を見て、青年は言う。

執務机の横ではらはらしながら見守っていた沙耶だったが、現れた青年をひと目見て、彼から目が離せなくなった。

青年の背丈は、八尾よりもさらに頭ひとつ高い。六尺《約一・八メートル》はゆうにありそうだった。漆黒の黒髪。快活で意志が強そうな瞳。精悍《せいかん》で鼻筋のとおった顔立ちに、引き結んだ口元。

肩にかけている真っ白な外套《がいとう》は金糸で見事な刺繍が施されており、一見してとても高価なものと見受けられた。

しかし、その上等な外套が今はあちこち煤《すす》に汚れ、ところどころ破れている。

特にひどいのは胸元だ。大きく斜めに切り裂かれていた。

あれでは外套の前をちゃんと閉めることもできないだろう。しんしんと冷え込む今日のような日に、そんな破れた外套で外を出歩くのはあまりに心許ない。

青年は八尾の胸倉を右手でがっしりと掴むと前後にはげしく揺さぶった。

「八尾、すぐに刀をくれ！　このとおり俺の刀は魑魅魍魎どもを斬りまくったせいで折れちまった。もっと強力な刀を出せ。金ならいくらでも払う」

青年は腰に下げた鞘《さや》から刀を抜いてみせる。青年の言うとおり、刀身が途中で折れていた。その刀を床に放り捨てて語気強く迫る青年に、八尾は慌てたように返す。

「か、神憑きの金剛様のお造りになられたものに勝る刀など、狢屋といえどもすぐにご用意などできません！」

「金剛に頼んでる時間がないから、こうしてお前に頼んでるんだろうが！　まだ魑魅魍魎は討伐しきってないんだ。今すぐ前線に戻らなきゃなんねぇ。金剛が刀を打つのを待ってる暇はねぇんだよ！」

事情はよくわからないが、彼はまた戦いの場に戻らなくてはならないようだった。急いでいることがひしひしと伝わってくる。

「お、お待ちください。金剛様の刀には及びませんが、うちにあるもので切れ味の一番よいものを持ってまいりますから」

青年に揺さぶられたせいでずれた眼鏡を直しながら、八尾は訴える。

それで青年は納得したらしい。

「それでいい。とにかくなんでもいいから武器が必要なんだ」

そう言い放つと、ソファにどっしりと腰を下ろした。長い足を組んで座る姿には、なんとも威厳が感じられる。まるで王者のような風格が彼の周りには漂っていた。

「少々お待ちください。今、蔵から探してまいりますから。沙耶、この方にお茶を出してさしあげて」

八尾に声をかけられて、盆を抱きかかえたままぼーっと成り行きを眺めて突っ立っていた沙耶は、ようやくハッと我に返った。

「は、はいっ」

あたふたと八尾は執務室から出ていく。

沙耶も軽く頭を下げてソファの横を足早に通り過ぎようとしたが、青年が右手をひらりと上げて制したため慌てて足を止める。

「ああ、茶ならいらん。そんなもん、飲んでる余裕はないからな。一刻も早く戻らなきゃなんねぇんだ」

「そ、そうですか」

客人から要らないと言われれば、無理にお茶を出すわけにもいかない。

青年は早く用事を済ませたくて、いらだっているのだろう。組んだ長い足が貧乏ゆすりで小刻みに揺れる。

なにもできず、ただ突っ立っているしかできない沙耶は気まずさを抱えながら、それとなく彼を眺めた。

元は上等であったとおぼしき白の外套は煤で汚れてボロボロになっているが、それでもどこか堂々とした風格を感じる。歳の頃は二十代前半といったところだろうか。

引き締まった体躯《たいく》に、整った顔立ちは麗しく、精悍さと美しさを兼ね備えていた。

火鉢のある執務室の中にいても肌寒く感じるこんな日に、これからまた外に出ていかなければならないという彼のためになにかできないかと考えていたら、外套につけられた大きな裂けに自然と目がいく。

このままでは彼も寒いだろうし、なによりボロボロになった外套がかわいそうに感じた。

(繕って差し上げたい)

そう思うといてもたってもいられなくなり、沙耶は勇気を振り絞って彼に声をかける。

「お、お客様。私は元は針子です。そのお召し物の破れを直させていただいてもよろしいでしょうか」

「この外套のことか？　そうか、お前、針子なのか。魑魅魍魎にやられてこのざまだ。これだと前が留められず寒くて仕方なかったんだが、ここで脱いでいいものか……」

青年はなにかを悩んだ様子だったが。

「背に腹は代えられないな」

呟いて立ち上がると、外套を脱いだ。

外套の下には白い軍装のような上着を身に着けている。そこにも外套と同じ位置に切り込みが入っていたが、さらにその下に小さな鎖で編み込んだベスト型の防具を身に着けているようだ。そのため、外套を切りつけた刃は彼の肌にまで及ばなかったらしい。

それよりも、目についたのは彼の左腕だった。

彼の上着は左側だけ袖がなく、肩口から指の先までぐるぐると隙間なく包帯に覆われた左腕が露わになっていた。

それだけでなく、その上から細い鎖が巻きつけてある。ところどころに朱で見慣れぬ文字が書きつけた霊符まで貼ってあった。まるで、腕そのものを封印しているかのような異様な光景だ。

しかも、元は真っ白であっただろう包帯にはところどころ黒染みが浮かび、腕の周りにもやもやと黒い靄《もや》のようなものすら漂って見える。

沙耶はその左腕を見た瞬間、あまりの禍々しさに思わず一歩後ずさった。

不穏な雰囲気を感じ取ったのか、胸元に隠れていたコカゲがひょっこりと顔を出したが、青年の左腕を目にすると『ひゃっ』とすぐに頭を引っ込めた。

沙耶たちの様子に、青年は苦笑を浮かべる。その顔には、どこか寂しそうな色が浮かんでいた。

「恐ろしいか。すまないな、おっかないもん見せちまって」

沙耶はここから逃げ出したい焦燥にかられながらも、必死にぶんぶんと首を横に振る。

「め、めっそうも、ございません。今、裁縫道具を持ってまいります」

ぺこりと頭を下げ、彼の前から足早に立ち去る。自分の部屋から裁縫箱を取ってくると再び執務室へ戻ってきて、彼から破れた外套を受け取った。

さてどこで繕おうかと迷うが、辺りを見回してもここは洋室だ。和室のようにその辺の畳に腰を下ろして繕うわけにはいかない。

逡巡《しゅんじゅん》した末に、彼の向かいのソファに座らせてもらった。

裁縫箱をソファ前のテーブルに置いて開くと、さっそく針を取り出す。

糸はどれを使おうか。裁縫箱の中の糸巻きを眺めながら考えていたら、それまで胸元でじっとしていたコカゲがモソモソと這い出してきた。

肩口に留まると、パタパタと羽根を揺らす。

『サヤ、サヤ。ボクのイトをつかってよ』

しゃべるコカゲを見て、青年は「ほう」と声を漏らす。

沙耶はハッとなり、慌ててコカゲを手で包み込むようにすると彼の視線から隠した。

猗屋の従業員たちがコカゲを見てもなにも言わなかったのでつい忘れていたが、蚕の成虫のような形をしているのにしゃべる存在というのは明らかに怪しい。

彼は魑魅魍魎を討伐しに行くと言っていた。コカゲも討たれてしまうのではないかと怖くなったのだ。

しかし、彼の反応は予想とは違っていた。

「今のは何だ？　一見、妖かとも思ったが、なにやら神気を発しているようにも感じる。お前、珍しいものを持ってるな」

「コカゲのことは、どうかお見逃しください」

沙耶はコカゲを抱くように包み込んで深く頭を下げる。コカゲを守ろうと必死だった。彼にコカゲをどうかされてしまうのではないかと怖くてたまらなかった。

しかし、そんな沙耶を気遣うように青年は声の調子を緩めた。

「心配しなくても、なにもしねぇよ。そいつは瘴気を出してもないし、こっちに敵意も向けてはいない。害のないものだってわかってる。それに、お前のものなんだろう？」

自分のものかと問われると、沙耶は迷ってしまう。

コカゲはコカゲの意思で沙耶のそばにいてくれるだけであって、沙耶がコカゲになにかを強いているわけではない。

「……と、友達です」

なんとかそう答えた。友達だと考えるのが一番しっくりくる気がしたのだ。

沙耶にとって、生まれて初めて友達だと思えた相手がコカゲだった。

「そうか、友達か。よい友を持ったな」

青年はふわりと笑みを浮かべた。

研ぎ澄まされた刃のような雰囲気が、急に温かな優しいものに変わったように感じた。

思わず沙耶は、顔を上げて彼を見つめてしまう。心の中まで温かくなるような笑顔だった。

そのまま彼の顔から目が離せなくなる。

(紅い、瞳……)

初めて彼の瞳が深紅の色をしていることに沙耶は気がついた。

つい吸いつけられるように彼の瞳に目がいくが、沙耶はすぐに彼が急いでいたのを思い出す。

蔵に刀を探しに行った八尾もいずれ戻ってくるだろう。彼を待たせるわけにはいかない。

『サヤ。ボクのイトをつかって。ボクのイトは、どんなイトよりもつよくてじょーぶだよ』

ソファの背に留まったコカゲが羽根をぱたつかせる。すぐにコカゲの周りにもやもやと綿あめのようなものが生まれてきた。

前に八尾の着物を仕立てたときに、コカゲの出す糸のしなやかさと強さは存分に感じていた。しっかり繕うには木綿糸よりもこちらのほうが適しているかもしれない。

「うん。ありがとう」

沙耶はそこから糸を紡ぎ出すと、針に通す。

さっそく、青年の破れた外套を繕い始めた。なるべく縫い目が見えにくくなるような縫い方で、針を動かしていく。コカゲの糸は、思ったとおり、しなやかに生地を固定していく。

沙耶の一連の動きを、青年は感心した様子で見守っていた。

沙耶が外套の胸元にできた一番大きな破れを繕い終わった頃、ようやく八尾が鞘に入った刀を数本抱えて戻ってきた。

「武琉《たける》様！　ワタシの手元にある刀の中から選りすぐって参りました」

ばらばらとテーブルに刀を置く。青年はその中から一番長い刀を手に取り、鞘から抜いて構えた。刀身を確認するように眺めると、再び鞘に戻す。

「じゃあ、これをもらっていくかな。それと予備にあと二本もらっていく」

彼は立ち上がると三本の刀を腰に刺し、沙耶が繕ったばかりの外套を羽織った。左腕を外套に通すときにやりにくそうだったので沙耶が手伝おうと手を伸ばしかけたが、彼に断られてしまう。どうやら左腕はほとんど動かないようだ。

前ボタンをとめて、青年は繕った部分に右手で触れる。

「うん。いい具合だ。助かった」

礼とともに再び笑顔を向けられる。沙耶はなぜか直視できなくて、思わず目を伏せた。急に風邪でも引いてしまったかと内心戸惑う。まるで熱でも出たかのように顔が熱く感じた。

「い、いえ……その、ご武運をお祈りしております」

か細い声で答えると、彼は「ああ」と返して、八尾と二言三言交わしたのち、来たときと同じように慌ただしく執務室から出ていった。

彼の姿が見えなくなり足音も聞こえなくなってから、沙耶ははぁと小さく息を漏らす。まだ胸がトクトクと鳴っていた。

胸に手を当てて、もう一度ため息をつく。

あんなふうにまっすぐに感謝の言葉を言われて驚いた。伊縫家にいた頃には一度もなかったことだ。

だから、こんなに嬉しいのだろうか。胸の奥が今もまだじんわりと温かな熱を持っているようだった。

しばらくして、門まで青年を見送りに行っていた八尾が執務室へと戻ってきた。

「どうにか刀がもてばいいんですが。今回は武琉様でも、苦戦されているようですね」

心配そうに八尾は呟く。

「たける……さま……。今の方は武琉様とおっしゃるのですね」

まだどこか夢心地な沙耶に対して、八尾の口調はいつになく重い。

「ええ。不知火武琉様です。異能の持ち主、神憑きの家々を束ねる神憑き五家の筆頭、不知火家のご当主様ですよ」

「神憑き五家筆頭……」

それはすなわち、皇家を除けばこの帝都、いやこの国の最上位に君臨する出自を意味していた。

それに比べ、神憑き家の中で伊縫家の序列は現在ほとんど末席に近い。

その伊縫家から追い出された沙耶にとっては、神憑き五家筆頭の不知火家は遥か遠い存在に思えた。しかも武琉はそこの当主だという。

「そんな偉い方だったなんて。私、それほどまでに高貴なお方とも知らずお召し物を直してしまってよかったのかしら」

急に不安になる沙耶の肩を、八尾はポンと叩いた。

「むしろ、ふさわしいんじゃないでしょうかね。武琉様が戻られたのは、まさに帝都防衛の最前線。激しい攻撃にさらされる場です。あなたの力が必ずやあの方のお役に立ちましょう」

沙耶は言われていることの意味がわからず目をぱちくりとさせる。

「私の力……ですか……？」

無能者と蔑まれるばかりだった沙耶にとって、その言葉は奇妙に聞こえた。

八尾はクスリと笑うと、目を細める。

「もしやと思っていましたが、気づいてなかったんですか？　あなたにも御白様は憑いてますよね？」

「え、い、いえ、そんなはずありません！」

ぶんぶんと沙耶は首を思いきり横に振った。

伊縫家で瑠璃子や父の肩に宿る御白様をずっと見て育ってきた。

御白様とは、蚕の繭のような形をしているものだ。そして、糸を紡ぐたびにくるくると回り、糸を紡げば紡ぐほどどんどん小さくなって最後には消えてしまう儚《はかな》い存在なのだ。

『私にも御白様が憑いていればいいのに』。そう望んだことは小さい頃から数限りなくあった。もしそうならば実母はもっといい暮らしをさせてもらえたかもしれない。父は自分を無視しなかったかもしれないし、瑠璃子とも本当の姉妹のように暮らせたのかも、と。

でも、その願いが叶う気配は今のところまったくない。

自分は無能者だ。伊縫家のような神憑きの家にいてはいけない人間なのだとずっと思い込んできた。

「では、それはなんなのです？」

八尾は沙耶の肩で羽繕いをしているコカゲを指さした。

「この子は……。私にもなにかよくわからなくて。妖のたぐいなのでしょうか」

そういえば、先ほど武琉はコカゲを見て神獣とか言っていたような気もする。それってどういうことなのだろう。

八尾は腕を組んで、フムと唸る。

「ワタシの見立てだと、それは間違いなく御白様ですよ。妖のような低い次元のものではありえない神気を放っています。不躾《ぶしつけ》ながら、伊縫家のみなさまは、それすらわからないほど落ちぶれてしまっているのでは？」

「コカゲちゃんが？」

名を口にすると、コカゲは呼ばれたと思ったのか嬉しそうに沙耶の顔の前まで飛んできて、沙耶の手の上にストンと降りる。

御白様とはもともと、蚕の神様だと聞いたことがある。たしかに、言われてみればコカゲの姿は蚕の成虫に似てはいる。ただ、蚕の成虫よりも遥かに大きく、なにより真っ白で全体にもこもこしていて愛らしい見た目をしていた。

それに、瑠璃子の御白様も父の御白様も繭の形をしていて、決して生き物の姿をしてはいない。

「なに、ワタシもこんな商売をさせていただいてるんでね、神憑きの歴史も多少なりと勉強させてもらっています。コカゲ様は、伊縫家に初めて神の力を与えたという神本体に近いお姿をしているのではないでしょうか」

「このコカゲちゃん、が……？」

沙耶が手のひらの上にいるコカゲに顔を近づけてしげしげと見るので、コカゲは嬉しそうにブンブンと羽根を震わせた。

「うまく隠したものです。伊縫家の応接間で初めてあなたにお会いしたときは気配をひそめていたのか、まったく気づきませんでした。でも、ここへ向かう馬車の中で気づきましたよ。なにやらえげつない神気を持つモノを持ってらっしゃるなと。そして、先日洗い張りしてくださったこの着物を着てみて確信しました」

八尾は着物の袖に腕を入れて、ぴんと張ってみせた。

「この着物を仕立てるときに、神縫いをされたでしょう？　着ているだけで神気に守られているのを感じます。これを着ていれば呪いも術も跳ね返してしまうでしょうし、そうそう傷もつけられないはずです。あなたが連れているソレは間違いなく御白様、それも歴代の御白様では到底及ばないほどの強い力を持った神本来のお姿に近い存在ではないですかね」

「たしかに私、コカゲちゃんの糸を使ってお着物を仕上げましたけど、それがまさか、そんな……」

コカゲはこんなに小さいのにちゃんと会話ができることに不思議さを抱いてはいた。けれど、まさか伊縫家の神様に連なる子だったとは思いもしなかった。まだ半信半疑でいる沙耶に、コカゲは挨拶をするようにぴょこんと片足を上げてみせる。

『うん。コカゲね、オシラサマだよ。サヤのオシラサマなの』

あっさりとコカゲは認めるではないか。

「そうなの!? じゃ、じゃあなんで、今まで言ってくれなかったの？」

『だって、きかれなかったから』

コカゲは、申し訳なさそうにもじもじと前脚をすり合わせる。

「そうだったんだ……」

沙耶は自分にも御白様がいたのだという嬉しさを感じる反面、なぜ自分だけ繭の形の御白様ではなくコカゲが来てくれたのだろうと疑問に思う。

『ボクも、いぬいのいえのほかのオシラサマも、みんなおかあさまからうまれたの。おっきなオシラサマなんだよ。でも、ぼくはおかあさまがつむいだイトからできたオシラサマじゃなくて、おかあさまからわかれてうまれたの。だから、ぼくはトクベツなんだっておかあさまはいってたよ』

特別な御白様。たしかに他の御白様は、しゃべりかけてきたりもしない。ただずっと肩に憑いているだけだ。

伊縫家の神様は孤独な沙耶の話し相手になるようにと、話せる御白様を遣わせてくださったのだろうか。

沙耶はコカゲを両手のひらでふわりと包み込むと、胸に当てた。

「ありがとう。私の元に来てくれたのが、あなたでよかった」

手のひらにほんのりとした温かさを感じる。コカゲの温かさだ。

「さて、神憑きであることもはっきりしましたし。あなたの処遇をちゃんと考えないといけませんね」

八尾は、どこに沙耶を売り飛ばせば一番高値で売れるかと思案しているようだった。

(どうか、いいところに売られますように……)

沙耶にはそう祈るしかできない。

沙耶の行き先が決まったと八尾から告げられたのは、それから数日後のことだった。

第二章　買われた先は？

「ああ、ここにいたんですか。探しましたよ」

昼過ぎ、庭に干している布団を取り込んでいた沙耶を見つけた八尾は、珍しく小走りでそばまでやってくる。今朝方、八尾は早くからどこかへ出かけていた。まだ二重廻しも着たままだ。帰ってきたばかりらしい。

「あ、おかえりなさいませ。今お茶をお出ししましょうか」

取り込んだ布団を縁側に置いて台所へ向かおうとした沙耶を八尾は引き止める。

「いいえ、お茶はいりませんから。それより、あなたの行き先が決まりました。先方がお待ちですから、早く出かけますよ」

ここのところ、八尾は出かけることが多かった。どうやら、沙耶をあちらこちらに売り込んでいたようだ。そしてついに、沙耶を売る相手が見つかったらしい。

行き先が決まった、という言葉に沙耶は顔を曇らせる。

「わ、わかりました。用意してきます」

タスキを外すと、すぐに自室として与えられている部屋に向かった。

私物はほとんどない。ここに連れてこられたとき同様、風呂敷包みひとつに収まってしまう。

荷物をまとめたあと、部屋の隅に置かれた小さな鏡台の前に座った。

鏡の中の顔は、緊張でこわばっている。

家事をするときのために後ろで束ねていた髪をほどいて、長い黒髪を櫛《くし》で梳《す》いた。

鏡台には白粉や紅など簡単な化粧道具も揃《そろ》ってはいたが、沙耶には使い方がわからない。

自分を買ってくれた人のために少しでもマシに見えるよう、化粧で綺麗に整えたほうがいいのかしらと迷うが、見よう見まねで化粧をしてもうまくはできないだろう。下手に慣れない道具を使って失敗してしまったら目も当てられない。

結局、なにも化粧をせず、素顔のままで身支度を終えることにした。

部屋を出ると、すでに玄関で八尾が待っていた。

沙耶の顔をじっと見るが、「まぁ、いいでしょう。それでは行きましょうか」と先立って歩きだす。

「はい」

玄関の外には、来たときと同じ屋根なしの馬車が止められていた。乗り込むと、すぐに走りだす。

流れゆく花街の景色を眺めながらも、沙耶の気持ちは重く沈んでいた。

猪屋で過ごしたのはほんのひと月ほどだったが、沙耶にとっては思いの外のびのびと過ごせた時間だった。ここには事あるごとにいじめて折檻してくる瑠璃子も、邪険にする継母も、まるで沙耶なんて存在しないかのように無視する父もいないのだ。

だが、次に行く場所はどうだろう。

膝の上で寝ているコカゲを撫でる指が、小刻みに震えていた。

売られていくのだ。使用人としてこき使われるならまだマシだが、金持ちたちの慰みものにされないとも限らない。

しかし、どんな扱いを受けたとしても沙耶に抗う術《すべ》などなく、ただ受け入れるしかなかった。

不安な気持ちがどんどん胸中に広がっていく。

通りに面した店々には、艶《あで》やかな着物姿の女たちが花街を行き交う男たちに色っぽい視線を向けている。

彼女たちも、大半は貧しい農村などから売られてきた娘だと聞いたことがある。

自分と彼女たちのなにが違うというのだろう。

いや、なにも違わない。なにも変わらない。

どんなところに売られたとしても、精いっぱい頑張る道しか自分には残されてはいないのだ。

（せめて、仕立てや刺繍をさせてもらえたらいいな。私が他の人より上手にできそうなことは、それくらいしかないから）

とりとめもなくぐるぐると考えていたら、いつしか馬車は花街を抜け、帝都の中心――皇家の住まわれる場所へと進んでいく。そのお堀の横を通り、帝都の反対側へと馬車は向かった。

この辺りは高級官僚や神憑きの一族の屋敷が多く立つ地域だ。付近には、大きなお屋敷が連なっている。

その最奥に佇む、ひときわ立派で大きな門の中へと馬車は入っていった。延々と続く白壁に囲まれた敷地は、どれだけあるのか見当もつかないほど広い。

前庭だけでもとても広く、一瞬森の中に入り込んだのかと錯覚しそうになるほどだった。その先へと進むと、大きな屋敷が現れる。伊縫家の屋敷とは比べ物にならないほど立派な風格を携えた佇まいに圧倒されそうになる。

馬車が車寄せに着くと、すぐに三つ揃えをきっちり着込んだ白髭《しろひげ》の男性がやってきて、馬車の扉を開けてくれた。この屋敷の家令だという。

八尾に続いて馬車を降りると、沙耶は私物すべてが入った風呂敷包みをぎゅっと抱きしめる。

(ここが、私を買ってくれた方が住むお屋敷)

あまりの大きさと立派さに、気後れしつつ見上げる。

コカゲは馬車を降りる直前に、沙耶の風呂敷包みの中に押し込んであった。まだもぞもぞとしていたが、「お願い。今はこの中にいて」と沙耶が小声で頼むと大人しくなった。

コカゲは伊縫家の御白様同様、普通の人には視えないらしい。しかし、神憑きの血筋の人や、八尾のように霊力の強い人には見えてしまう。

これだけ大きな屋敷の主なのだ。沙耶の買い主はおそらく神憑き家の誰かだろう。この屋敷の主人や周りの人たちの人柄がわかるまでは、コカゲを見せないほうがいいだろうと考えてのことだった。

家令に案内されて八尾とともに玄関を入ったときだった。

「やっと来たか。待っていたぞ」

背後から若い男の声がした。凛としてよく通る、なぜか聞き覚えのある声。

(まさか……!!)

声の主に思い当たって、驚きとともに振り返ろうとした沙耶だったが、動揺したせいか足を絡ませ尻から倒れ込みそうになる。しかし寸前で腕を掴まれ引っ張り上げられた。その拍子に、手を引いてくれた背の高い人物の胸にもたれかかるような姿勢になってしまう。

「も、申し訳ございませんっ」

慌てて離れようとするも、逆に優しく抱きとめられた。

(ひゃぁ????)

「悪い、驚かせたか」

顔を上げれば、そこには眩《まぶ》しいほどの笑顔があった。

沙耶は、彼をぼうっと見つめる。

なぜ、彼がここにいるのだろう。頭がついていかない。

「武琉、様……？」

目の前の光景がまだ信じられずにいた。沙耶を抱きとめたのは、不知火武琉だったのだ。

今日は前に見た外套に洋装ではなく、羽織姿だ。黒紺の袷《あわせ》に灰色の羽織が粋に決まっている。

「な、なぜ武琉様が、ここに？」

混乱しながらもおそるおそる尋ねると、武琉は愉快そうに笑う。

「そりゃ、ここは俺の屋敷だからな。俺がいるのは当たり前だろう」

「武琉様のお屋敷」

そこで、沙耶は気づく。

「もしかして、私をお買い求めくださったのは……」

「もちろん、俺だ。なんだ、聞いてなかったのか」

武琉はじろっと八尾を睨む。八尾は、あははと乾いた笑みを浮かべた。

「着けばわかることですから」

そして、八尾は沙耶の方に視線を向けて、すぅっと目を細める。

「この方はあなたをぜひにとご所望されて、それはもう高い金額で買い取ってくださったんです。もちろん、他の神憑きの方々にも打診はしましたけどね。彼ほど高い金額をつけてくださった方はいませんでしたから。我が狢屋としても大儲《おおもう》けでございます。まいど、ありがとうございました。またご贔屓《ひいき》に。それでは」

そう言って恭しくお辞儀をしたあと、八尾は風のような速さで馬車に乗って去っていった。まるで、武琉の気が変わるのを恐れるかのようだ。

あまりの早さに呆気《あっけ》に取られていると、沙耶が抱える風呂敷包みからコカゲがもぞもぞと這い出てきた。

コカゲはぱたぱたとゆっくり浮かび上がると、まだ沙耶を右腕の中に抱きとめている武琉の鼻を前脚で器用にぺちぺちと叩いた。

『サヤをはなせ！　サヤにひどいことしたら、ボクがしょうちしないんだからな！』

コカゲは威勢よく言うのだが、武琉に効いている様子はない。彼がふぅっと息を吹きかけただけで、コカゲはくるくると周りながらどこかへ飛んでいった。

「やっぱりお前もついてきたか、虫っころ。沙耶を取って食うとでも思ったか？」

そして武琉は沙耶に目を向ける。赤い瞳が沙耶を見つめている。その視線は、とても優しいものだった。

「よく来てくれたな。馬車での移動も疲れたろう。ゆっくりするといい」

ゆっくりしろと言われても、沙耶にはどうしていいのかわからない。

「あ、あの、私は家事をすればいいんでしょうか。それとも仕立てとか」

「うん、そうだな。とりあえずは……」

武琉は玄関の奥に目を向けた。それと同時に、ぱたぱたという足音が複数、屋敷の奥からこちらに向かってくる。

沙耶もそちらに目をやると、框《かまち》の上に女中らしき女性たちがずらっと三人ずつ両側に並んでいた。お揃いのえんじ色の着物を着て白い前掛けをつけている。しかも全員が髪に白いものが混じる年配の女性ばかりだった。

「お待ちしておりました、沙耶様」

先頭にいた上品に白髪を後ろでまとめた女中が、沙耶の前まで降りてきて恭しく声をかけてくる。

沙耶はそんなふうに丁寧な言葉で話しかけられることも、まして『様』づけで呼ばれることも初めてで、どぎまぎと戸惑ってしまう。

「え、えと、ありがとうございます」

とりあえず感謝の言葉を返せば、女中はにっこりと微笑んで沙耶の背中を優しく押した。

「ささっ、すべてご当主様より申しつかっております。私たちにお任せくださいませ。さあ、こちらにっ」

どこか嬉しそうにしながら、女中たちは沙耶を屋敷の奥へと連れていこうとする。

困惑して武琉に目で助けを求めるが。

「じゃあ、頼んだからな。沙耶、またあとでな」

武琉からはにこやかに送り出されてしまった。

あれよあれよという間に女中たちに連れていかれる沙耶を、コカゲが慌てて追いかけてくる。

着いた先は脱衣所だった。そして銭湯かと思うほど大きな風呂場で女中たちによい香りのする石鹸《せっけん》で全身を洗われ、風呂上がりに髪には香油を、肌にはよい香りのする乳液をたっぷりと塗り込まれて頭の先からつま先まで綺麗に整えられる。

沙耶は訳がわからないながらも、武琉が望むならばとなにも言わずになされるがままになっていた。

（それにしても、私を買ってくださったのが武琉様だったなんて）

彼が買い主であることに心底ほっとしていた。彼は悪い人ではない、と思う。

今までに会ったのは一度だけだったが、とても真摯な人だと感じていた。

それに彼は帝都防衛という重責を抱えているのだと八尾にも聞いていた。

（精いっぱい、あの方にお仕えしなければ）

と、心を新たにする。なにより、これからは彼のために働けると思うと純粋に嬉しさが胸に広がる。

用意されていた着物に袖を通すと、とても上質な絹で織られた振袖だった。水色の生地に、赤い南天の柄が美しい。

こんな上質な着物に自分なんかが袖を通してしまっていいのかしらと内心迷うけれど、神憑き五家の筆頭、不知火家で働くならばこれくらいの格は必要なのかもしれないと思い直しもする。

考えてみれば、女中たちの着ている着物も、この振袖ほどではないにしろかなり質のいいものだ。しかも同じえんじ色の生地に揃えてありながら、柄はひとりひとり違う。花にちなんだ柄がそれぞれ美しく描かれていて、それだけでもう、この屋敷の家主の品のよさと格の高さがうかがえた。

沙耶は髪の毛も綺麗に梳かしてもらったうえ、髪を少しとって後ろで結び、可愛らしいレースのりぼんまでつけてもらった。

いつもは痛みのひどい髪の毛が、丁寧に手入れをしてもらったおかげで艶やかな黒髪の美しさを取り戻していた。顔にも薄く化粧を施してもらう。

女中たちは出来栄えを見て満足げに頷き合った。

「沙耶様、いかがですか？」

渡された手鏡を手に取って覗き込むと、そこにはまるで良家のご令嬢かと思うほどの清楚で美しい少女が映っていた。

「これが……私……？」

驚いて頬に指で触れると、鏡の中の少女も指で頬を触れる。間違いなく映っているのは自分の顔なのだが、実感が湧かずに不思議な感じがした。

『サヤ、きれい！　おひめさまみたい！』

コカゲも嬉しそうに、沙耶の周りをくるくる回りながら飛んでいる。

「さあ、ご当主様がお待ちですよ」

行燈を手に先導してくれる女中たちに連れていかれたのは、和室だった。

沙耶がこの屋敷に連れてこられたときはまだ夕方だったが、もうとっぷりと日が暮れている。

しかし、この和室の中はまるで昼間かと思うほどに明るかった。細やかな意匠の施された硝子《がらす》製の天井灯からは柔らかな光が降り注ぎ、部屋全体を優しく照らしている。

部屋の真ん中には大きな一枚板を天板にした座卓が置かれ、その奥に武琉がくつろいだ様子で座っていた。

その向かい側に敷かれた座布団へと案内される。

そこに座れというのだろうが、買われてここに来た身である自分が座布団など座っていいはずもない。当然のように座布団の隣に座わって三つ指をつき、頭を畳につけんばかりにお辞儀する沙耶。

「お待たせして、申し訳ありません」

その様子を見て、武琉は苦笑を浮かべた。

「顔を上げろ。そんなにかしこまらなくていい。お前のことは、みなには俺の大事な客人だと伝えてある。だから、お前も客人として振る舞ってくれればいい」

沙耶はおそるおそる顔を上げるが、やっぱり座布団を使うのは申し訳なさすぎてできそうにない。そのまま畳に正座したまま聞き返す。

「客人で、ございますか？」

この屋敷に来てから訳がわからないことばかりだ。

いきなり身なりを整えさせられたかと思えば、一介の使用人に与えるには遥かに高価な着物を着せられた。そのうえ、今度は客人として扱うとまで告げられてしまったのだ。

自分はここに、買われてきたのではなかったのか。

八尾も去り際、武琉は破格の高額で沙耶を買い受けたと言っていたのではなかったか?

コカゲはというと、まだ武琉に対して警戒を解いていないのだろう。座卓の上でぶわっと毛を逆立てさせて武琉を威嚇していた。

そんなコカゲを、武琉はフフンとおもしろそうに眺めている。

困惑で表情を曇らせる沙耶の前に、女中が緑茶の湯呑《ゆの》みと和菓子を持ってきた。

この菓子には見覚えがある。帝都で人気の高級和菓子店のものだ。瑠璃子が好きで、よく取り寄せていたのを思い出す。

「まあ、驚くのも仕方ないだろうな。茶菓子でも食べて、まずはゆっくりしてくれ」

そう促された以上、手をつけないのはかえって失礼になってしまうだろうか。

沙耶は皿に添えられた黒文字を手に取って和菓子を切り分け、ひと欠片を口に入れた。

上品な甘さが口の中に広がる。こんなに甘くて美味しいものを食べたのは初めてだった。

美味しさが顔に出ていたのだろう。武琉はハハハと声をあげて楽しそうに笑った。

「喜んでくれたみたいで、なによりだ」

武琉は朗らかに言うが、沙耶の顔はかっと熱くなった。恥ずかしくて、穴があったら入りたいくらいだ。

いたたまれなさのあまりきゅっと身を縮こまらせて俯く沙耶を、武琉はしばらく見つめた。穏やかな口調で、語りかけてくる。

「それで話の続きだが、俺はお前を客人としてもてなすことに決めた。ただし、ただの客人じゃない。沙耶、お前には神縫いの力があると八尾から聞いている。実際、俺も戦いの場で、その威力を目の当たりにした」

そう語りながら、武琉は傍らに置いてあった布を手に取って座卓の上に広げる。

（これは……）

忘れもしない。それは、武琉と初めて辂屋で会ったときに彼が身に着けていた白い外套だった。胸元に沙耶が施した繕いの跡も見て取れる。

「あのあと、俺は魑魅魍魎どもとの戦いの前線に戻っただろ？　あのときの戦いは熾《し》烈《れつ》でな。何度か化け物どもから火炎や幻術をかけられそうになった。だが、お前が繕ってくれたこの外套を着ていると、それらがまったく当たらない。まるで見えない大きな盾で守られているかのようだった。この外套は長らく愛用してたが、こんなことは初めてでな。それでお前が何者なのかと八尾のやつを問いただして、今に至っているわけだ」

武琉は真摯な瞳で見つめてくる。

「だから、お前に頼みたい。この屋敷で俺のためにその力を奮ってはもらえないだろうか。必要なものはこちらですべて用意する。不自由な生活はさせない。どうだ？」

赤い瞳で見つめられると、沙耶の胸はなぜかトクトクと早くなってしまう。

（元より、私は買われた身。どんな扱いを受けたとしても不満など言える身の上ではないのに）

それにもかかわらず、武琉は沙耶を客人として扱ってくれるという。しかも、大好きな仕立てや刺繍ができるなら、こんなに嬉しいことはない。

そのうえ、武琉は『やれ』と命令するのではなく、『どうだ？』と沙耶の意思を尋ねてくれる。

そんなふうに、ひとりの人として扱ってもらったのは初めてだった。

嬉しいような、くすぐったいような。そんな熱い思いで胸がいっぱいになって、すぐには言葉を発せなかった。

それを武琉は、沙耶が迷っていると考えたようだ。今まで朗らかだった表情をすっと引き締めると。

「ただ、こっちの事情も話さないと公平ではないな」

羽織を脱ぎ、下に着ていた袷の着物を緩めて左腕を出して見せた。

あの、禍々しい気配を漂わせていた左腕が露わになる。

コカゲはその腕を見たとたん、ぴゃっと飛び上がって沙耶の後ろに隠れてしまった。

彼の腕がひどく恐ろしいようだ。

包帯でぐるぐる巻きにされた左腕。包帯はところどころ黒ずんでいて、あちこちに貼られた霊符がおどろおどろしさを醸している。しかも異様なのは見た目だけではない。腕からはほのかにどす黒い靄のようなものが立ち昇っていた。あの靄は不吉で禍々しいものだと直感する。

沙耶とコカゲの反応を見て、武琉は苦笑を浮かべた。その笑みにはどこか諦めのようなものが浮かんで見える気がした。

「この腕は、一年ほど前に帝都の外で、禍々しい気を放つ巨大な化け物と戦って噛《か》まれたせいでこうなった。化け物はなんとか屠《ほふ》ったが、あれはおそらくかつて捨てられた廃神の成れの果てだろうな。神を屠ったせいで呪われてしまった」

鎖や霊符は、呪いを封じ込めるためのものなのだろう。しかし、それにもかかわらず邪悪な気配が漏れ出していることから、封じきれていないことが伺い知れた。

「わずかに指先が動く程度で、もうほとんど動かすこともできない。その上、噛まれて呪われた傷は壊死したように黒ずんで、日に日にどんどん広がりつつある。心の臓まで達すれば俺の命はないそうだ」

武琉は自分の心臓を右手の親指で指した。どの辺りまで呪いが広がっているのかはわからないが、包帯は肩口まで巻かれている。あそこまですでに呪いが及んでいるとすれば、心臓まではあと少ししかない。

沙耶は、ごくりと生唾を飲み込んだ。

武琉の話は続く。

「腕を切り落とせばいいのかもしれんが、そうすると呪われた瘴気が傷口から漏れ出して周りに被害を及ぼしかねないと水卜部家の当主に言われていてな。どうにもならないまま、ここまで来ちまった。屋敷の者たちも、この腕が怖いらしい。前はもっと人がいたんだがどんどん辞めちまって、今いるのは『老い先が短いから』と残ってくれた女中のばあさんたちと数人の男衆だけだ」

言われてみれば、沙耶の身づくろいを整えてくれた女中たちはみな白髪で年配の人たちばかりだった。彼女たちは、呪いの被害を受けるかもしれないという覚悟のうえでこの屋敷に残った者たちだったのだ。

「お前のことも勢いで買ってきちまったが……よく考えてみれば、こんな屋敷にいたくもないだろう。まだ若い身空で無理をしてここにいる必要もない。出ていきたいなら好きにすればいい。俺はなにも咎《とが》めはしない。自由に生きればいいし、支度金も用意しよう。選ぶのはお前自身だ」

選ぶのはお前自身。武琉はそう言って判断を沙耶に委ねてくる。

まだ顔を合わせたのは数回だけだが、彼は沙耶がもし拒めば本当に自由にしてくれる懐の広さを持ち合わせているように思えた。

（選ぶのは、私？）

今まで選択を迫られる経験なんてしたことがなかった。

でも迷う気持ちは少しもない。沙耶はふるふると弱く頭を横に振った。

彼の左腕が恐ろしくないわけではない。見ているだけで不安な気持ちになってくる。

ぞわぞわと背筋を這い登ってくるような恐怖で逃げたくなってしまう。それでも。

（武琉様は私をひとりの娘として扱ってくださったもの。そんな人、他にいない。だからこの御恩に報いるためにも、精いっぱいお仕えしたい）

顔を上げて彼を見つめ返すと、意を決して自分の気持ちを露わにした。

「私、ここに残ります。武琉様のために、働かせてください」

はっきりとそう言い切る沙耶。

彼の目が一瞬驚いたように見開かれたが、すぐに目元が緩む。

「そうか。恩に着る。改めて、名を告げよう。俺は不知火武琉だ。よろしくな」

「い……。さ、沙耶です。よろしくお願いいたします」

名字を名乗るべきか迷ったが、伊縫家を出るときに父に言われた『絶対に伊縫を名乗るでないぞ』という言葉を思い出し、名前だけを口にした。

もう伊縫家は関係ない。ただの、沙耶として生きなければならないのだ。

そういえば、武琉の気安い様子にうっかり忘れかけていたが、彼は神憑き五家筆頭、不知火家のご当主様だ。神憑きの中でも末席にあたる伊縫家から追い出された沙耶からしたら、遥かに身分の高い存在である。

その彼に対して自分の意見を述べるなど、いくら彼から求められたからとてあるまじきこと。あまりに身の程知らずの振る舞いではなかったか。もしこれが伊縫家での行いだったなら、折檻のうえ、数日食事抜きくらいの罰を与えられてもいいくらいだ。

「生意気を言ってしまい、申し訳ありません。なんでも申し付けていただければどんな仕事でもいたします」

消え入りそうな声でつい俯きそうになる沙耶だったが、そんな沙耶のそばへ武琉はやってきて片膝をつくと、沙耶の顎に手をやり顔を上げさせた。

「言っただろ。使用人じゃなくて、客人だ。だから、俺に対して遠慮なんてもうするな」

俯くことすらできず、自然に彼と視線が合う。彼の、精悍さと端正さを併せ持つ顔がすぐ間近にあった。

「お前はもう、俺の庇護《ひご》下だ。誰もお前を傷つけないし、誰もお前に嫌なことを強いたりしない。この屋敷には幾重にも結界が張ってあるから、俺の許しを得ないやつは何人たりとも入ってこれやしないしな。お前を傷つけるモノがあれば、それが人間だろうと人間じゃなかろうと俺が守ってやる。だから、俺を頼れ。いいな」

有無を言わさぬ強い瞳が、沙耶を見つめる。

「は、はい……」

沙耶が応えると、武琉はにっと満足そうに笑った。

「よし、それでいい。じゃあ、部屋を案内するか。ちょっと一緒に来い」

武琉は膝を打つと左腕を着物の中に戻して立ち上がった。そのまま部屋を出る彼の背中を沙耶も追う。

「こっちだ」

不知火家の屋敷は伊縫の屋敷と比較にならないほど広い。そのうえ廊下が入り組んでいるため、案内なしにはすぐに迷ってしまいそうな怖さがある。

それに、屋敷の中に人の気配がほとんどなく、しんとした静寂が漂っていた。

前を歩く武琉の背中を見つめながら考える。

一年ほど前。彼が戦いの中で受けた左腕の呪いを怖がり、屋敷の者たちの多くが辞めてしまったのだと彼は言っていた。

かつてはたくさんの人が彼の元に集い、彼に仕えて、屋敷の中も活気に満ちていたのだろう。

落ち目の伊縫家ですら、多くの女中や使用人が住み込みで働いており、頻繁に客人もあり常に賑わっていた。まして神憑き五家の筆頭ともなれば伊縫家を遥かにしのいでいたはずだ。

この静寂がなんだか胸に染みて寂しさに変わっていく。

広い屋敷を、わずかに残った数少ない年配の女中たちで回していくのも大変だろう。

事実、廊下はとてもよく磨き込まれていたものの、なかなか全体に掃除を行きわたらせるのも難しいようで、天井の高い部分には蜘蛛《くも》の巣が張っているところもあった。

『なんだか、おばけやしきみたいだね』

なんて、コカゲがボソッと沙耶の耳元で呟く。

「そうね。私もお掃除とかお手伝いできたらいいんだけど」

そんなことを話しながら歩いていたら、武琉がとある引き戸の前で立ち止まった。

「ここがお前の部屋だ」

彼がスパンと戸を開けると、そこには目を見張るほど立派な和室が広がっていた。

座敷のようにふた部屋がつながった造りになっており、奥の部屋にはずらっと和《わ》箪笥《だんす》が並ぶ。大きな鏡台に文机もある。文机の上にちょこんと置かれている、沙耶がここに来るときに持ってきた風呂敷包みがなんとも侘《わび》しい。

『うわー、ひろーい!』

コカゲははしゃいで、びゅーんと部屋の中を飛び回る。

一方、沙耶はあまりの広さに面食らっていた。猪屋で自分の部屋をあてがわれたときも過ぎた待遇だと感じたが、これはさらにその遥か上を行く。

こんなに広ければ、屋敷の女中全員がこの部屋で寝てもまだ余る。

「え、えと、こ、ここを私が使ってもよいのですか？」

「あんまり広いと気後れすると思ってな。比較的、小さめの部屋を選んだんだ」

そう言うと武琉はすたすたと奥の間へと行き、和箪笥の前で止まった。和箪笥の観音開きの扉を開けると、中はさらに桐《きり》の棚がいくつも設えてある。すべての棚にたくさんの着物が仕舞われているのが見て取れた。

「呉服屋にひととおり揃えさせた。ただお前の趣味がわからなかったから、とりあえず年頃と背格好だけ伝えて揃えてもらったんだ。呉服屋はちょくちょくうちに来るから、来たときに好きな着物を頼んで構わない」

あまりの豪華さに、沙耶はおそるおそる和箪笥へと近寄る。まだたとう紙に包まれたままの着物も多かったが、そこに書かれた銘を見て驚きのあまり声をなくす。

たとう紙には『友菱屋《ともびしや》』と金箔《きんぱく》で店名が押されてあった。

『友菱屋』は、たしか皇家御用達にもなっている帝都で最も歴史と権威のある呉服屋の名だ。伊縫家にいた頃も、友菱屋の名はよく耳にしていた。

伊縫家の工房で作られた着物のうち、瑠璃子が仕立てた神縫いの物は他の神憑き家や上流華族などに直接渡されていたので市場に出回ることはほとんどなかったが、神縫いではない着物で最も高級で手の込んだものは友菱屋に卸されていたのを思い出す。沙耶には到底想像がつかないような高値で売られていくのだと聞いたことがあった。

その友菱屋の着物が、箪笥には数えきれないほど仕舞われている。まるで、呉服屋にいるかのような錯覚を覚えそうになった。

武琉は箪笥から一枚、まだたとう紙に包まれたままの着物を手に取って、沙耶に渡した。沙耶はそれを両手で抱きかかえるようにして受け取ったものの、どうしていいかわからず、そっと丁重に畳におろす。

武琉に視線で促されて、沙耶は留めてあった紐《ひも》をほどいて紙を開けた。鮮やかな朱の生地に、凝った意匠の華やかな柄が染め付けられた着物が現れる。

細やかに描かれた花々は金彩で豪華に彩られていた。生地の質といい、柄といい、ひと目でとてつもなく高価なものだと見て取れる。

「こ、これを、私にですか？」

信じられない気持ちで武琉を見上げる。

こんな高価なもの、一着だって受け取れない。でも、無下に断ればせっかくの彼のもてなしを無駄にしてしまう。どうしていいのかわからず、おろおろと焦っていたら、頭の上にポンと大きなものが乗る。

それが彼の手のひらだと理解するのに数秒かかった。大きな手が、優しく沙耶の頭に触れている。

「そんな目をするな。俺まで不安になるだろ。いらなければ、適当に処分すればいい。……悪いな。お前のような若い娘を客人として家に住まわせたことがないんだ。不満や足りないところがあれば、遠慮なく言えよ」

まっすぐ向けられた赤い瞳。真摯に見つめられれば、否と言うなんてできるわけもなく、沙耶はこくこくと頷いた。

武琉はにっと口端を上げる。

「よし、それでいい。お前もな？　虫っけら」

急に呼ばれて、それまで沙耶の肩の上からそっと武琉の様子をうかがっていたコカゲは、ひっと身体をびくつかせて飛び上がると、慌てて沙耶の背中に隠れた。

『む、虫っけらじゃないもんっ。コカゲだもんっ』

「あはは。どっちでもいいが、お前もよろしくな」

コカゲは、武琉の迫力にすっかり怖じ気づいてしまったらしい。

そんなひとりと一匹のやりとりがなんだか微笑ましくて、沙耶の顔にも自然と小さな笑みが広がる。つい数時間前まで、どんなところに売られるのかと絶望的な気持ちでいたのが嘘《うそ》のようだ。

自分を買ってくれた彼の恩義に報いるためにも、精いっぱい働こう。そう心に決めるのだった。


翌日から、沙耶はさっそく自分の仕事に取りかかった。

武琉から渡された外套や上着、マントなどを自分の部屋へと持ってきた。

それらを前に正座して、沙耶はふと考える。

(武琉様は私に、神縫いをしてほしいとおっしゃってたけど……)

彼が沙耶を買ってまで屋敷に連れてきて、客人として破格の待遇で置いてくれているのは、神縫いの力を望まれているからだ。

でも、自分自身に本当にそんな力があるんだろうか。

瑠璃子のような異能が欲しいと願ったことなら数えきれない。それこそ、物心ついた頃からずっと願ってきた。

でも、いざ本当にお前には神縫いの力があるんだと言われても、いまだに信じられないでいた。

沙耶自身は伊縫の家にいたときとなんら変わらず、素晴らしい能力に目覚めたという実感もないのだ。

前に武琉の外套を繕ったときは、とにかく必死だった。だが、どうやって縫ったのか思い返しても、特別な縫い方などなにもしていない。とにかく、彼が寒くないように、これ以上傷つかないようにと願いながらひと針ひと針心を込めて縫っただけだ。

（違いといえば……）

沙耶が手を伸ばすと、沙耶の周りを楽しそうにふよふよと飛んでいたコカゲが手の甲に留まって意気揚々と羽根を羽ばたかせる。

『サヤ、ぼくのイトつかう？』

違うところは、コカゲの糸を使って繕い物をしたという、それだけの差だ。

だとすると、神縫いの力があるのは沙耶自身ではなくコカゲのほうなのではないだろうか。

「あなたは、どこから来たのかしらね。なんで私のところにいてくれるんだろう」

コカゲもまた御白様なのだと、八尾もコカゲ自身も言っていた。

しかも瑠璃子や父に憑いている繭の形をした普通の御白様ではなく、神本体から直接生まれた特別な御白様なのだという。

なぜそんな特別な存在が、こんなにも自分に懐いてくれるのかもわからない。

コカゲは、沙耶がじっと見つめるので不思議そうに小首をかしげた。

『サヤ、どうしたの？　どこかいたいの？』

沙耶はふるふると首を横に振った。

「ううん。そうじゃないの。なぜ、コカゲちゃんのようなおしゃべりもできる特別な御白様が私なんかに憑いてくれたんだろうって」

沙耶は自信なく消え入りそうな声で呟くが、コカゲはなんだそんなことかと言わんばかりに両前脚を上げる。

『それは、サヤだからだよ。ボクはサヤだから、そばにいようとおもったの。サヤのそばはあたたかくて、サヤのししゅうがすきだから。ほかのあのイエのやつらは、みんなつめたいから、ボクすきじゃない』

「私……だから……？」

『そう。ボク、サヤがよかったの。ほら、イトつかうんじゃなかったの？』

ぶんぶんと羽根を震わせ始めるコカゲ。沙耶は慌ててコカゲを止まり木台の上に置く。この止まり木台も、コカゲ用として武琉が用意してくれたものだ。八寸《約二十四センチ》ほどの高さで、本来は小鳥が留まるためのものらしい。

「うん、そうね。糸、もらえるかな」

『わかった！　みてて！』

コカゲが強く羽ばたけば羽ばたくほど、コカゲの周りにもやもやと綿菓子のようなものが沸いてくる。その端を摘まんで引けば、どんどん糸が紡ぎ出されていく。

沙耶は傍らに置いてあった武琉の上着を手に取り、コカゲの糸を針に通した。

前回、武琉の外套を縫ったときは、裂けたところを縫い合わせただけだった。

しかし、今手にしているのは、裂けどころかホツレひとつなく、多少着古した感じはするもののまだまだ型崩れもない、白生地に金色の装飾の施された美しい上着だ。

開襟型と呼ばれる軍装に似ているが、伊縫家にいたときにときどき目にした軍関係者が着る軍服よりも、もっと高貴で威厳が感じられた。

なんでもこの上着は、武琉が魑魅魍魎戦でよく着ているものなのだという。

だから、沙耶はこの上着の表面を覆うように刺繍を施そうと決めた。

この純白の美しい上着にどんな刺繍をしよう。それを考えただけで、胸が躍る。

初めはひと針ひと針緊張したが、すぐに針を動かすことに夢中になる。

コカゲの糸は、一見木綿のように白く見える。しかし、ひとたび布地に縫い付けると、生地の色と同化してほとんど見えなくなってしまう。

その様はまるで透明な糸で縫い付けているかのよう。

しかし、光の当たり方や角度によっては生地の上に刺繍が浮かび上がって見えるのだ。

通常、刺繍をするときは青花の液を極細の絵筆に染み込ませて、下絵を描くやり方が一般的だ。しかし、沙耶は下絵を描かず、なにもないところにいきなり刺繍を施していくのが常だった。

図案なら、頭の中にある。

武琉は、まるで燃え盛る烈火のような人だという印象を沙耶は持っていた。

苛烈な炎で焼き尽くす圧倒的な強さと存在感。

しかしその一方で、凍える者を温め、柔らかく包み込んでくれる灯《ともしび》のようでもある。そんな懐の大きさも感じていた。

彼のそばにいると、沙耶の心もじんわりと温められるように思うのだ。

だから、そんな彼をイメージして、上着の背には大きな翼を広げた鳳凰《ほうおう》を描くことにした。今にも強く羽ばたき、飛び出しそうな躍動感と生命力にあふれた火の鳥が沙耶の手によって描き出されていく。

鳳凰の周りには炎の模様。それに、牡丹《ぼたん》の柄を幾重にも重ねて縫い込んだ。牡丹の花ことばは『壮麗』『王者の風格』だ。まさに武琉にぴったりだと沙耶は感じた。

ひと針ひと針、祈りを縫い留めていく。

どうか彼を守ってくれますように、どうか彼のところに敵の刃や牙が届きませんように、どうか彼が無事にこの屋敷へと帰ってきてくれますようにと、願いを縫い込めていった。

それからというもの、自室にいる時間は神縫いに没頭した。食事のときは女中が呼びに来るのだが、それ以外は部屋にこもってひたすら縫い物を続ける。

自分が刺繍したものを武琉が着てくれる。彼を彩る衣となる。それが無性に嬉しくてたまらない。

彼は、虐げられて売られた身の上のちっぽけな沙耶を拾って、身に余るほどの環境を与えてくれた。それだけでなく、大好きな縫い物や刺繍に専念できる機会も与えてくれている。

彼への恩に少しでも報いる術《すべ》があることに幸せを感じずにはいられないのだと、沙耶は思っていた。

彼を想いながらひと針ずつ丁寧に刺繍を仕上げていく。

今までだって、刺繍をするのはなにより大好きな仕事だった。でも、ここまで満たされた気持ちになるのは初めてで、沙耶は少し戸惑いも感じる。

彼の姿を心に浮かべながら刺繍をしていると、胸の音がひとりでにコトコトと早くなるのを自覚するときもあった。

それに比例するかのように、彼の上着の背にはまるで今にも飛び立とうとするかのような生き生きとした鳳凰が浮かび上がる。

「おい。沙耶」

もう、あと少しで完成しそうだ。そう思うと針を持つ手はますます意欲的に細やかな意匠を描いていく。

「――沙耶！　聞こえてるか？」

あと少し。あと少し。……やった、できた……！

「おいっ。いい加減にしろっ」

ポンと頭に重さを感じて、沙耶はハッと顔を上げた。

目の前に、武琉の真っ赤な瞳があった。いつもは強気な彼の目元が、今はどこか心配そうに沙耶を見つめている。

少し遅れて、頭の重みは彼が沙耶の頭の上に手を置いているからだと気づく。

「武琉、様？」

近い。彼の整った顔がすごく間近にあって、沙耶はぱちくりと瞬きした。

「沙耶。いくら集中してるからって、飯を抜くな。お前が飯も食わずにずっと部屋にこもって針仕事をしていると、女中たちが困ってたぞ」

「……え、え、で、でも。お昼ごはんなら、さっき食べて……」

「莫迦《ばか》。もうとっくに夜だ」

武琉の指さした先には、縁側の先にある硝子窓。さっきまで柔らかな日差しが降り注いでいたように記憶していたが、硝子の外はすっかり夜になっていた。

「え、えええっ、もうそんな時間!?」

「晩飯の時間もとっくに過ぎてるぞ」

そこではたと気づく。沙耶と武琉を遠巻きにするように、女中たちが遠慮がちにこちらを覗いていた。

おそらく何度も声をかけてくれたのだろう。しかし、沙耶は刺繍に集中するあまり、周りの音も聞こえず時間も忘れてしまっていたに違いない。

傍らを見ると、止まり木台の上でコカゲはすやすやと眠っている。

そういえば、朝に出かけていった武琉も帰ってきているではないか。

この屋敷の当主である彼の帰宅を出迎えもしなかったことに思い当たり、沙耶は慌ててその場に手をついて謝ろうとした。

「も、申し訳ありません。武琉様の出迎えをすっかり失念してしまって……」

彼は毎日、他家との会合や政《まつりごと》のあれやこれや、皇家への報告、帝都の防衛にと朝早くから遅くまで出かけている日も多い。

彼が屋敷にいるということは、もうすっかり夜も更けているのだろう。

そんなに遅くまで毎日重要な責務をこなしている彼を出迎えられず、申し訳なさと恥ずかしさでパッと顔に朱がさす。

しかし、武琉は床に頭をつこうとした沙耶の腕を取って遮る。

「謝るな。俺のために遅くまで繕いものをしてくれているお前を、出迎えなかったくらいで俺が責めると思うのか？」

彼の口元には苦笑が浮かぶ。

「い、いえ……」

「よし。じゃあ、一緒に飯を食おう。俺も腹が減ってたまらん」

武琉は沙耶を引っ張るようにして一緒に立ち上がると、そのまま沙耶の左手を引いていこうとする。

「あ、待ってください！　武琉様！」

沙耶が引き止めると、武琉は「ん？」と足を止めた。

沙耶は畳に置いていた上着を手に取り、手早く最後の糸の始末をする。ちょうど、彼の上着に施していた神縫いが終わったところだった。

丁重に上着を抱き上げ、彼へと笑みをこぼす。

「たった今、できあがりました」

その言葉に、武琉の顔にも喜びの色が広がる。

「ほんとかっ!?　よし、じゃあ今着てみよう」

彼がこちらに背中を向けるので、沙耶は彼の肩に背中から上着をかける。

コカゲの透明な糸が、部屋の四隅に置かれた行燈の光を受けてキラキラと輝いている。

彼の背中に、見事な鳳凰が浮かび上がった。

　武琉は精緻な刺繍で大きく描かれた鳳凰とその周りを彩る牡丹の花々を眺めて、ほぅと感嘆の声を漏らした。

「見事だな。それにこの全体に宿る神気はなんだ。今までにも伊縫家の神縫いをされた服を持ってはいたが、これほど神気を宿したものなど見たことがない。まるで大いなる神聖な力で包まれているかのようだ」

　武琉の好意的な反応に、沙耶の顔もほころぶ。

「武琉様のお役に立てるなら、これほどの喜びはありません」

　心の底から湧き上がる心の声が言葉になって口から出ていく。そこには一片の嘘偽りもなかった。

「恩に着る、沙耶。これからも頼む」

「はいっ、もちろんです。他にもどんどん、縫っていきますね」

　ようやく一着神縫いを終えたばかりだというのに、もう次はどんな図案にしようかと思案し始める。明日からも忙しくなりそうだ。

「だが、飯を食うのだけは忘れないようにな。人間、身体がなによりの資本だから」

　武琉に念を押されてしまった。もう心配かけたりしないようにしなければと、肝に銘じた。

◇◇◇

翌日。武琉は、帝都の見回りに行く際に昨日沙耶が仕上げてくれた上着をさっそく羽織って出かけた。

肩にかけた瞬間、清く濃い神気が武琉の身体を包み込むのを感じる。

（これは、心強いな）

前線で魑魅魍魎と戦う機会の多い武琉は、今までも伊縫家から高額で買い受けた神縫い付きの防具を身に着けて戦うことが多かった。神縫いされたものを身に着けると、うっすらと神気の薄衣に包まれるような感覚を覚えたものだが、沙耶が神縫いを施した上着を着たときの感覚はその比ではなかった。

まるで衣の上から透明な神気の鎧《よろい》を身に着けているような錯覚さえしそうになるほど、感じる神気の密度と厚さが段違いなのだ。

なぜ伊縫家はこれほどの異能の持ち主をあっさり手放したのか、理解に苦しむ。

しかしもう、伊縫のやつらがどれだけ返してくれと頼み込もうとも絶対に沙耶を手放すつもりなどなかった。

（それに……）

武琉の脳裏に一瞬、あどけなく幼い少女の面影が思い浮かんだ。

忘れたことなど一度もない。自分の運命を変えてくれた、少女の姿だ。

（彼女は、もしかして……）

武琉の凛々しく麗しい目元が潤む。

懐かしさと愛しさに、胸の奥がぎゅっと痛む。その痛みをこらえようとするかのように胸元を握りしめた。

そのとき、背後から陽気な声に名を呼ばれた。

「やあ、武琉！　元気にしてた!?」

振り向くと、ひとりの青年が陽気な笑顔をたたえてこちらに歩いてくるところだった。

「元気にしていたもなにも、昨日も会っただろうが。森羅」

森羅九九能智《くくのち》。神憑き五家のひとつ、森羅家の次期当主だ。

年齢は二十二で武琉のひとつ下だが、歳が近いのもあって幼い頃から見知った仲だった。いわゆる幼馴染《おさななじみ》というやつだ。

名字より名前のほうが長くて言いにくいので、昔から『森羅』と呼んでいる。

森羅家は、森を守る神に仕えてきた一族だ。それゆえに、森の力を受け継いでいる。

国土の九割が森林に覆われているこの国の国土においては、絶大な力を持っている一族である。現当主である森羅の父は病に伏しているため、実質的に森羅が当主の役を担っていた。

森との縁が深いためか森羅は緑色を好み、今着ているのも薄緑色の着物に濃緑色の袴《はかま》だ。そして、背には自らの背丈よりも大きな長弓を斜めがけにして背負っている。

さらりとした茶色い髪に、少しタレ目がちの茶色い瞳。童顔気味の甘さのある顔はにこにこと陽気な笑みを浮かべている。

「いいじゃん。挨拶なんだから。それにしても最近、魑魅魍魎が増えてきたね」

森羅の表情がすっと引き締まる。

ここは、帝都を囲む城壁の外、人が住まう領域の境目だ。城壁の外は荒れ地が広がり、その向こうには深い森が広がっている。

武琉と森羅は荒れ地に立って、森へと目を光らせていた。

木々が作る濃い影の中に目を凝らせば、爛《らん》と青白い光を浮かべる点がいくつも見えた。

あれらは、魑魅魍魎と呼ばれるモノどもの目だ。ケモノの成れの果てや、人に敵意を持ち人を喰らおうとする妖ども、堕ちた廃神までいると言われている。

虎視眈々《こしたんたん》と人間を狙い続けている魑魅魍魎どもから人の生息領域を守るのが神憑きと呼ばれる神の力を授かった者たちの宿命だった。

特に神憑き家の中でも突出した武力を誇る神憑き五家には、神代から続く皇家が住まう帝都を守るという使命が課せられている。

武琉の赤い瞳は、森の闇の中にひそむ魑魅魍魎どもを鋭く睨んだ。

森羅の言うとおり、やつらはここ最近、たしかに増えてきていると武琉も思う。

前代の父も武琉同様帝都防衛の任についていたが、当時の日誌を見てもここまで頻繁かつ大規模に魑魅魍魎が帝都を襲ってくることはなかった。

「来るよ」

物思いにふけっていた武琉の思考を、森羅の鋭い声が遮る。

「ああ、わかってる」

それを合図にするかのように、森の中からヒグマほどの大きさがあるヒヒの姿をした猩々《しょうじょう》どもが十匹あまり飛び出してきた。

奇声を発しながら迫ってくる姿はおぞましい限りだ。

武琉は駆け出す。臆することなく猩々どもに向かっていった。

森羅が両手を前に突き出す。すると、荒れ地がぼこぼこと盛り上がり、そこから生え出た蔦《つた》がしゅるしゅると伸びて猩々どもを絡め取った。

武琉は走り寄りながら刀を抜くと、動きを止めた猩々どもに向かって横一閃《よこいっせん》する。

衝撃波とともに炎の刃が放たれ、猩々どもを真っぷたつにしたうえ身体を燃え上がらせた。

ひと太刀で十数匹の猩々を一度に屠ってしまう。

断末魔をあげて燃え崩れる猩々ども。その躯の影から今度は大型のトラのような獣が数頭、武琉に向かって飛びかかってきた。

猿の顔に狸の身体、虎の手足と大蛇の尾を持つ妖、鵺《ぬえ》だ。

一頭は森羅の術により、突然地面から生えた枯れ木に身体を突かれて絶命。あとの三頭が武琉に飛びかかってくるが、武琉はすぐさま二頭を斬り落とす。しかし、もう一頭は斬られた直後、最後の力を振り絞って蛇の尾を武琉に向けた。

大蛇の口のような尾から泥が大量に吹きかけられる。猛毒を含む泥だ。

（まずい！）

咄嗟《とっさ》に後ろに飛ぶが、間に合わない。すぐさま刀を持つ右手で身体をかばう。そして、泥がやむとすぐさま尻尾を刀で斬り落とし、鵺に止めを刺した。

「……ふぅ」

敵を仕留めて、安堵《あんど》の息を漏らす。毒泥をかぶるのを覚悟はしていたが、幸いなことに今のところ毒を受けたような痺《しび》れや呼吸の困難さは感じられなかった。

おかしいなと思いつつ最も泥を浴びたはずの右腕を見れば、まるで洗い立てのように真っ白のままだ。その綺麗さを見て、武琉は驚きに目を丸くした。

先ほどあれだけの毒泥を吹きかけられたというのに、汚れひとつついていなかった。

普通の布であれば、毒による腐食で溶けてしまっていたに違いない。

「武琉！　大丈夫だった!?」

心配して森羅も駆けつけてくるが、武琉に泥ひとつついていないのを見て取って目を丸くする。

「え……なんで？」

武琉は片口端を上げて笑う。

「沙耶の神縫いのおかげだな」

間違いない。沙耶の神縫いが、邪悪な毒泥をすべて弾いたのだ。

今までも神縫いの施された防具を身に着けてはいたが、ここまで完璧に着る者を守る衣服など見た覚えがない。

沙耶の力のすごさを改めて思い知らされるとともに、彼女に守られているのを強く実感する。

武琉は、沙耶を想いながら真っ白なままの袖を眺めた。

（ありがとう、沙耶）

帰ったら、真っ先に沙耶へ今日の出来事を話そう。そうしたら、彼女はどんな反応をするだろうか。控えめな彼女のことだから、恥ずかしがるかもしれない。その様もまた可愛らしくていいな、なんて考えていたら、知らずに口元に笑みが浮かんでいたのだろう。森羅に怪訝がられてしまう。

「……武琉、大丈夫？　なんかにやけてない？　やっぱ、天乃《あまの》に見てもらったほうがいいよ」

天乃は、神憑き五家のひとつである土御門家の者で、帝都随一と言われるほどの治癒術の使い手だ。

「うるさいっ、なんでもない」

武琉は憮然《ぶぜん》とした表情でぶっきらぼうに返すものの、心の中では一刻も早く屋敷に帰りたくて仕方がなくなっていた。

しかし結局その日も、見回りなどをしていたら屋敷に戻れたのは夜も更けてからになってしまった。

屋敷の女中たちは最低限の人手を残して、ほとんどが寝静まっている。日頃静かな屋敷の中が、いっそうしんと静まり返っていた。武琉は足音を忍ばせて廊下を歩く。

きっと沙耶も寝ているだろう。

武琉の部屋は沙耶の部屋のさらに奥にある。彼女を起こさないように足音を忍ばせて部屋の前を通り過ぎようとしたが、戸の隙間からうっすらと漏れる明かりに気づいて足を止めた。

（まだ、起きてたのか？）

わずかに戸を開けて中を覗き見れば、手元の行燈をひとつだけ灯して熱心に縫い物をしている沙耶の背中が見えた。

手元にあるのは、武琉の服のようだ。何枚か預けておいた一枚に神縫いを施しているのだろう。

声をかけようかと迷うが、武琉は逡巡ののち、静かに戸を閉めた。そして、戸に背を預けて小さく息を吐く。

沙耶の背中が瞼《まぶた》に浮かぶ。その背中が、追憶の中の小さな背中と重なった。

（……お前は、あのときの少女なのか？）

十年ほど昔の記憶の中に残る、懐かしい景色が脳裏に蘇《よみがえ》る。


――あの頃、武琉は自分の未来に絶望していた。

神憑き五家の不知火家に生まれた者として類まれなる武《ぶ》の才能に恵まれながら、帝都を守るという宿命に納得ができずにいた。父や祖父のように、帝都を守るために戦いに明け暮れなければならない意味がわからない。

なんでそんな生き方をしなければならないのだと反発して、その日も剣の稽古から逃げ出し、大通りに植えられた街路樹の枝の上で不貞寝をしていた。

そろそろ戻らないと本格的に父に叱られるだろう。げんこつや飯抜きくらいじゃ済まなくなるかもしれない。でも、素直に帰るのも癪《しゃく》だったので木の上で道行く人を眺めながらだらだらしていた。木の上なら探しに来た家の者にも見つかりにくいからだ。

そんなとき、人込みの中を歩くひとりの少女に目が留まった。

奉公に来たばかりの少女だろうか。大きな風呂敷包みを抱えて、心細そうにおろおろと歩いている。

小さな身体が人込みの中で埋もれそうになっていた。

あちこちきょろきょろとして立ち止まったかと思えば反対方向に歩きだし、少し行ったら再び戻ってくる。そんなことを繰り返していた。

どうやら道に迷っているようだ。

(大丈夫か、あの子)

つい心配で目が離せなくなる。悪い大人にひっかからなきゃいいのになと見守っていたら、案の定、少女の後ろからふたり、タチの悪そうな男がついていくのが目に入る。

ふたりはこそこそとなにか話し合ったあと、ひとりが足早に少女に近づき力強くぶつかった。

少女は簡単に道路に倒れる。持っていた風呂敷包みが手から弾んで転がり落ちた。

それをもうひとりが拾い上げて、有無を言わさず持っていこうとしている。

(あーあ。……しゃーねぇな)

少女がカモられているのは明らかだ。風呂敷の中になにが入っているのか知らないが、盗まれれば奉公先でひどく叱られるだろう。折檻されるかもしれないし、追加の借金を負わされるかもしれない。

見て見ぬふりをするのは、あまりに後味が悪かった。

武琉は木から飛び下りると、少女たちのそばへ向かう。

少女は男の腕に取りすがって抵抗していたが、男は容赦なく乱暴に振りほどいて人込みの中へと逃げていこうとするところだった。

武琉は男とすれ違いざまにその足に自分の足をひっかけて転ばせた。男は怒って掴みかかってきたが、逆に腕を取って投げ飛ばす。

こちとら毎日死にそうなほど稽古をやらされているのだ。ちんぴらを懲らしめるくらいわけなかった。

「これ以上悪さをするならお巡りに突き出すぞ」と脅して睨みを利かせれば、男は一目散に逃げていった。

少女は、今にも泣きそうな顔で事の成り行きを見守っている。風呂敷包みを拾って渡してやると、やっぱり迷子になっていたようで品物の届け先がわからないとさらに泣きそうになった。

どこに行くつもりだったのか聞けば、武琉も知っている店だったので連れていってやることにした。

「お前、名は？」

武琉が尋ねると。

「サヤ」

少女は、ひび割れた小さな唇で応える。少女によく似合う可愛らしい名だなと感じたが、照れくさくて言えなかった。

また迷子にならないように小さな手を握って歩きだす。その手は冷え切っていて、とても冷たかった。

でも、白い息を吐きながらついてくる少女は、林檎《りんご》のような頬に無邪気な笑みを浮かべて見上げてくる。その笑顔がとても眩しくて、武琉はつい目をそらした。

武琉の手に包まれて次第に温かくなってくるその小さな手は、武琉の指をぎゅっと握り返してきた。その手を引いて一緒に歩きながら、武琉の心に強い想いが湧き上がる。

この手を守ってやりたい。

今までなぜ命をかけてまで帝都を守らなければならないのかわからなかった。だから自分の宿命にも、父親にも、反発していた。

でもこのとき、初めて腑《ふ》に落ちたのだ。

帝都を守ることが、ひいてはこの子の命を守ることにつながるのだと。

帝都とひとくくりにするからわからなくなるが、そこに暮らす何百何千何万というひとりひとりに暮らしがあり、人生があるのだ。もし自分たちが守らなければ、この子たちは安心して夜も眠ることができなくなる。

それなら、俺はこの子のために頑張ろう。この子のような、毎日を懸命に生きている人たちのために生きよう。

それは、命を懸けるだけの価値のある務めなんじゃないか。

初めて心からそう思えた。覚悟も決まった。

その日から、武琉は真面目に稽古に取り組むようになり反抗することもなくなった――。

当時の決意は、父亡きあと家督を継いで成人した今となっても変わらない。

だから、猫屋で沙耶を見たとき、まさかと目を疑った。あのとき迷子になっていた少女にとてもよく似ているように感じたから。

もちろん背も伸びて、顔立ちも大人びた。でも微笑んだときの眼差しが、記憶の中の少女とそっくり同じだった。

そのうえ、狢屋は彼女をあのときの少女と同じ『サヤ』という名で呼ぶではないか。

もしかしたらという気持ちがさらに強くなった。

沙耶を欲しくてたまらなくなって、狢屋を問いただして彼女の素性を尋ね、破格の値段をふっかけて買い取ったのだ。

もちろん沙耶の神縫いの力が欲しかったからというのもある。

でも、それだけではない。あのとき、武琉に帝都防衛の要である不知火家の神憑きとして生きる覚悟を持たせてくれたのは、あの少女なのだ。

だからそばにいてほしいと願ってしまった。

沙耶があのときの少女なのかどうか、本人に確かめてはいない。もう十年も前の話だ。もしそうだったとしても、きっと覚えてすらいないだろう。

それでもよかった。

武琉はもう一度戸を見つめると、そっとその場を立ち去る。

あとには、夜の静寂《しじま》に沙耶が繕い物をする音が時折聞こえるだけだった。

◇　◇　◇

手先が凍えるような冬が過ぎ、生命の芽吹く春がやってくる。

窓硝子から室内に差し込む陽の光も、日に日に柔らかさを増してきたこの頃。

沙耶は今日も朝から手仕事に勤しんでいた。

とはいえ、武琉が戦いに着ていく戦闘服の類はすべて神縫いを終えてしまっていた。

今縫っているのは、女性ものの美しい着物だ。

武琉の着ている戦闘服を見て、他の神憑き五家の方々からも自分たちの着物や衣服にも沙耶の神縫いをしてほしいとの強い要望が寄せられていた。

彼らも、武琉同様に最前線で帝都防衛の任に当たる方々だ。武琉からも『ぜひに頼む』と言われれば、断る理由などなかった。

心配だったのは、こんなに連日たくさんの糸を紡ぎ出して、コカゲは大丈夫なんだろうかということ。

事実、沙耶の腹違いの姉の瑠璃子や父の泰成に憑いている繭状の御白様は、神縫いのための糸を使えば使うほど繭が小さくなっていた。そうやって小さくなってやがて消えてしまうのだと父からは聞いている。

だからコカゲも大量に糸を紡ぎ出せば小さくなったり弱ったりしてしまうんじゃないかと沙耶は内心恐れていた。

しかし、当のコカゲは『イト？　どれだけだしてもダイジョーブだよ！　もっといる？』とけろりとしていた。繭状の御白様から糸を紡ぐのと、羽根を震わせて糸を発生させるコカゲから紡ぐのとでは根本的な性質が違うのかもしれない。

そのため、今日も止まり木台に留まったコカゲにどんどん糸を出してもらって、沙耶は神縫いに励んでいた。

そこに、コンコンとノックの音が聞こえる。

「はい。どうぞ」

沙耶が応えると、引き戸が開いて着流し姿の武琉の顔が覗く。

「作業中悪いな。森羅がどうしてもお前にひと目会いたいと言うんだ。来てくれないか」

そういえば今日は、武琉の友人が屋敷に来ると聞いていたのを思い出す。屋敷が広いため、お客様が来たのに全然気づかず作業へ没頭してしまっていた。

「は、はいっ。すみません、いま片付けます！」

「ああ、ゆっくりでいい」

沙耶はすぐに後片付けをすると、武琉に続いて部屋をあとにした。

コカゲはずっと糸を紡ぎ続けて疲れたのだろう。止まり木台の上でうとうとしていたので置いていこうとしたが、沙耶が立ち上がる衣擦れの音で目を覚まし『ボクもいく～』と飛んでついてきた。

廊下を進んで着いたところは、座敷だった。

座敷には応接用の大きな座卓と座布団が置かれているが当の客人の姿はなく、座敷に面した広縁にのんびりと腰を下ろしていた。そこからは、よく手入れされた広い和風庭園が見渡せる。

「森羅、連れてきたぞ」

武琉に連れられて広縁に行くと、その人物はにこやかに甘い笑顔を向けてくる。薄緑色の上等な着物に濃緑色の羽織がよく似合っている。年の頃は武琉と同じくらいの二十そこそこに見えた。

森羅と呼ばれた彼は、沙耶に目を止めるとすぐに立ち上がって出迎えた。

「武琉から、聞いてるよ。僕、森羅九九能智。よろしくね！　いやー、可愛らしいお嬢さんだなぁ」

森羅は気安く右手を差し出してくる。

森羅家といえば、神憑き五家のひとつ。武琉の不知火家同様、神憑き家の上位に君臨する大華族だ。

どう応対していいのかわからず戸惑っていると、つかつかとそばにやってきた武琉が容赦なく森羅の手を叩き落とした。

「いった！」

「沙耶に気安く触るんじゃねえよ」

睨みつける武琉。

沙耶はそんなふたりを、おろおろと見比べるしかできない。

森羅はヘラッと笑うと、茶色い瞳をくりくりさせておもしろそうに言う。

「あれ？　武琉が、そんなふうに特定の女性にこだわるの珍しいじゃん。ってか、初めて見たよ。へー、この子のことがそんなに心配？」

森羅の言葉に、武琉は憮然として返す。

「うるせぇ。そんなんじゃねぇよ。沙耶はうちの大事な客人だからな」

森羅はクスクスと声をあげる。

「そんなに警戒しなくても、さすがに僕でも君のものに手を出したりはしないってば」

そして森羅は再び沙耶に視線を戻す。

沙耶の肩の上ではコカゲが威嚇するようにぶんぶんと羽根を鳴らしていたが、森羅はコカゲを指でツンツンする。

「あ、君がコカゲくんだね。神獣なんだって？　それにしても、沙耶さんの神縫い、ほんとすごいね！　武琉が着てるやつ見て、びっくりしちゃった。敵の術も攻撃もなんでも防げるんだもん。こんなに防御力の高い加護を効果時間無制限にかけ続けられるなんて、本当に奇跡としか言いようのない才能だよ！」

森羅がまた話の勢いにのせて沙耶の両手を掴もうとしたので、武琉が沙耶の肩を抱くようにして沙耶を下がらせる。

「あ、ありがとう、ございます……」

会ったばかりの人に褒めちぎられて、しどろもどろに応じる沙耶。一方、武琉は自分が褒められたかのように胸を張る。

「そうだろ。沙耶の神縫いは、他の伊縫のやつらとは次元が違う」

武琉の言葉に、森羅は真面目な顔で頷いた。くるくるとよく表情が変わる人だ。

「うん。それは僕も現実に効果を目にして、感じてた。もし沙耶さんが伊縫家を継いでいたら、神憑き家の中で序列が一気に上がっただろうね。それくらい、すごいよ」

そうは言われても、沙耶自身は自らが神縫いを施した衣類を身に着けて攻撃に晒《さら》されたことなどない。神憑き五家のふたりにすごいすごいと讃《たた》えられても、実際のところなにがすごいのか実感はないのだ。

ただ、武琉をはじめ沙耶が神縫いを施した衣類を身に着けた人たちが災厄から免れて健やかに過ごしてくれたらと、それを願うばかりだった。

沙耶は頬にほのかな笑みを浮かべる。

「武琉様や……みなさまの、お役に立てているなら嬉しいです」

心からこぼれ出た本心の言葉だった。

武琉はじっと見つめていたが、にやけた森羅に脇腹を小突かれて軽く咳払《せきばら》いをした。

「役に立っているなんてもんじゃない。もはや、なくてはならない」

なぜか気恥ずかしそうにして庭の方へ目をやる武琉。

「なんで目をそらしてるのさ。そういうのはちゃんと目を見て言わないと」と森羅に突っ込まれて、ぶっきらぼうに「うるさい」と返していた。

森羅は肩をすくめると、沙耶の前で手を合わせる。

「僕もぜひ神縫いの衣が欲しいんだけど、いくらぐらい積めばやってもらえる？　宝石とか別荘とかで払ってもいいし、なんなら別荘三つくらいつけるけど」

そんな途方もないことを言いだすので、沙耶は困ってしまって武琉に視線で助けを求める。武琉もその意を汲んで、小さく頷き返した。

「残念ながら、すでに先約があるんだ。いま土御門家の天乃に頼まれたものに神縫いをしてもらってるところだ。金剛家からも注文が入っているし、他の神憑き家からもどんどん来てる」

そうなのだ。武琉が前線で沙耶が神縫いした衣を着て活躍しているためか、不知火家がとんでもない神縫いの才覚の持ち主を囲っているという噂は瞬く間に上流階級に知れ渡っていた。今では、神憑きではない大商家や華族からも注文が入っているくらいだ。

　それを聞いて森羅は、悔しそうに頭を抱えた。

「うわあああ、完全に出遅れた！　あとで武琉に頼めばいいやと思ってたから油断してた！　くっそ、……それでもいいよ。いいから、僕にもお願い。お願いします、武琉様、沙耶様。ついでにコカゲ様」

　コカゲにまで拝むものだから、沙耶の肩の上でコカゲは小さな胸を張ってみせた。

　そんなコカゲと森羅の様子に、武琉と沙耶にも笑みが広がる。

　その夜は、流れのままに沙耶も座敷へとどまって武琉と森羅と酒宴をともにした。

といっても沙耶はまだ酒が飲めないので、ふたりにお酌するにとどめたが。

　ふたりとも酒には相当強いらしく、どれだけ飲んでも顔色ひとつ変えない。

　最高級の酒とともに、屋敷専属の調理人たちがこしらえた料理が卓上に並ぶ。

　酒と食が進んで、夜も更けてきた頃。森羅が武琉の左腕を見ながら、ポツリと呟いた。

「一年前に沙耶ちゃんの神縫いがあれば、武琉は呪われたりしなかったのかもなぁ」

　言葉の中に、悔しさの色が滲んでいる。

　沙耶の視線も、自然と武琉の左腕に向いた。

　今は着流しの袖の下に隠れてはいるが、その左腕からはそばにいるだけで異様な圧を感じる。どこか不吉な禍々しさを覚えるのだ。今も彼の隣にいながら、無意識に右側に座っている。どうしても、彼の左側を避けてしまっていた。

当の武琉は、なにも言わずに黙々と清酒の入ったお猪口《ちょこ》を口につけていた。

「腕の呪い、今も広がり続けているんだろ？」

森羅の問いに、武琉は静かに答える。

「そうだな。肩口もほとんど黒くなってる」

そうなるともう、心臓にまで及ぶのはそう遠い未来ではないだろう。

心臓まで達すれば、彼の命を脅かしてしまう。

沙耶は徳利を持ったまま、つらい気持ちで彼を見つめる。

重い空気が場に広がるが、そのとき、小皿に料理を取り分けてもらってむしゃむしゃ食べていたコカゲが突然口を挟んできた。

『なんで、ノロイなんてうけたの？　タケル、つよいんだろ？』

その空気を読まないあっけらかんとした発言に沙耶はドキリとした。武琉を怒らせたのではないかと不安になるが、武琉は小さく苦笑を浮かべたあと、「そうだな」とひと言呟き、お猪口の中の残りの酒をくいっとあおり話し始めた。

「あれは今から一年ちょっと前の話なんだが……」

——一年ほど前のある日。

観測史上最大規模と言われる魑魅魍魎の群れが帝都の東から一里《約四キロ》ほどの地点に出没した。

神憑き五家をはじめとする帝都にいた大部分の神憑きたちだけでなく、無能者で構成される軍も総出で討伐にあたることとなった。

数日に及ぶ激闘の末にようやく殲滅《せんめつ》の目処が立ち始めた頃に、〝ソイツ〟は現れた。

戦線の脇から突如現れた、四丈《約十二メートル》はあろうかという小山ほどの大きさのある巨大な背丈。

全身を長く黒い毛に覆われた獣型のソイツは、激しい腐臭を撒《ま》き散らしながら風のような速さで駆け寄ってきて、虚をつかれた中隊ひとつをあっという間に蹴散らし壊滅させた。

すぐに編成を立て直して全力で対抗したが、投石器や豪弓隊、火縄銃隊による攻撃もまるで歯がたたなかった。

神憑き五家の土御門天乃が大地を揺らして亀裂を作る。ソイツを落として生き埋めにしようとしたが突破され、森羅が即座に数十本の枯れ木を地中から生えさせ串刺しにしようとしたがソイツの勢いは止まらない。

誰からともなく『廃神だ！』と恐れを込めた悲鳴があがった。

廃神――かつて神として崇められこの地を支配していたものの成れの果て。

魑魅魍魎の中でも、最も厄介で恐れられるものだ。

並の魑魅魍魎とは違い、神憑きたちの力を持ってしても討伐は至極困難だった。

廃神は瘴気と腐敗臭を撒き散らしながら突進してくる。

兵たちの中には恐れのあまり逃げ始める者も出る始末だった。

しかし、あれに帝都へ踏み込まれれば甚大な被害を生むことは間違いない。ここで食い止め、討伐するしかなかった。

そのとき、廃神が巨大な火柱に包まれた。武神の力を宿す武琉が放った火柱の術だ。

轟轟《ごうごう》と燃え盛る劫火《ごうか》に焼かれて廃神の進撃が一瞬止まる。

兵たちから歓声があがった。崩れそうになっていた陣営に士気が戻る。

そこに、神憑きたちの一斉攻撃が繰り出される。

最後は武琉が、炎をまとわせた刀でトドメを刺した。

そうして、総力を上げてなんとか仕留めた相手だった。

他の魑魅魍魎どもも、士気が戻った陣営の敵ではなかった。帝都に到達する前にすべての討伐に成功する。

戦いが終われば、そこかしこに魑魅魍魎どもの骸《むくろ》が横たわっていた。

骸をそのままにしておくと新たな魑魅魍魎を呼び寄せるため、焼いて灰にするか、大地を司る土御門家の術によって埋めるのが決まりとなっている。

倒れた廃神はすでに武琉の劫火によって焼かれてはいたが、まだ原型は残っていた。そこで土御門天乃が大地の術により地中深くまで埋めることになった。

しかし、天乃が術のために廃神のそばに近寄ったときのことだった。誰もが完全に死んだと思っていたそれがむくりと顔を上げたのだ。

「やばい！」

天乃のそばにいた武琉が咄嗟に天乃をかばった。武琉が押し倒したおかげで天乃は助かったが、代わりに武琉が飛びついてきた廃神に左腕を噛まれてしまう。

「くそっ」

武琉は右手に持っていた刀を廃神の頭に深く突き刺した。

廃神はようやく完全に絶命し、身体全体が灰になって崩れる。

「武琉！　大丈夫ですか!?」

天乃の悲鳴が辺りに響いた。

武琉の左腕には大きな噛み傷ができていた。しかも傷跡から廃神と同じような瘴気まで発し始めている。普通の傷でないのは一目瞭然だった。

治癒を得意とする天乃がすぐさま武琉の左腕を治療しようとしたが、土御門家の治癒術をもってしても武琉の傷は治せなかった。

天乃の見立てによると、左腕には廃神の激しい呪いと怒りが宿ってしまっているという。

その後、傷自体はなんとか塞がりはしたものの、呪いそのものを取り除くことはできず、呪われた部分は日に日に武琉の腕を侵食していき今に至っている——。

沙耶は武琉の話を、ただ黙って聞くしかできないでいた。あまりに壮絶な内容に驚くばかりで、改めて彼の役割の大変さを思い知る。

「早く、呪いを解く方法がわかればいいんだけどね」

ポツリと森羅が呟くように言う。

しかし、一年経った今でも、神憑き五家をはじめ術や魑魅魍魎に詳しい神憑きたちが過去の文献まであさって必死に呪いを解く方法を探しているが、現在に至るまでよい方法は見つかっておらず彼の腕の呪いは広がり続けているのだという。

「腕ごと切り落としたところで、呪いが外部に漏れ出して却って事態を悪くしかねないしな。まぁ、最悪、俺ごと封印するしかないだろうな」

武琉の言葉に、森羅は悔しそうにうなだれる。

「そうなるだろうね。でも、君を失ったら、正直、帝都を守りきれるのかどうか。……僕にはわからない」

武琉ごと封印する。それが具体的にどういうものを意味するのか、沙耶には皆目見当がつかない。しかし、ふたりの話しぶりからして、それは武琉が無事では済まない最後の手段なのだということはわかった。

「武琉様……」

どうかそのような恐ろしい事態にはならないでほしいと願うしか沙耶にはできない。膝の上に置いた拳を、白くなるほどぎゅっと固く握る。哀しみに心が黒く塗りつぶされそうだった。

でも、当の武琉は一年もの間、自らに巣食う呪いと戦い続けてきたのだ。身を賭して帝都を守り続けているにもかかわらず、自らの身体を侵食して命を脅かし続ける呪いとも戦わなければならないとは、なんて理不尽な話だろう。しかも、呪いを解く術はいまだ見つかっておらず、最悪、彼ごと封印せざるをえないという。

彼の抱えるあまりにも過酷すぎる試練に、沙耶の胸は今にも潰れそうだった。こらえきれない感情で、涙腺が緩み景色が滲む。

泣きそうな沙耶を見て武琉は小さく微笑み、沙耶の頭にポンと手を置いた。

「そんな顔をするな。今すぐどうこうなるってもんじゃねぇよ」

彼の声はいつになく優しい。

沙耶はあふれそうになった目元を指でぬぐう。これ以上、心配をかけてはいけない。つらいのは彼の方なのだ。

そう思うのに、涙をこらえれば鼻の奥がつんと痛くなる。

「どうか、一日も早く呪いが解けることをお祈りしています」

「ああ、ありがとな。そんなふうに心配してくれるやつがそばにいてくれるだけでも、俺にはありがたい」

武琉はぽんぽんと沙耶の頭を優しく撫でる。

そんなふたりの様子を眺めていた森羅が物珍しそうに聞いてくる。

「沙耶ちゃんはさ、武琉が怖くないの？」

なぜ、森羅がそんなふうに聞いてくるのか不思議に思い、沙耶はきょとんと小首をかしげた。

「武琉様が、ですか？」

「武琉っていうか、こいつの左腕が」

左腕。つまり、呪われた左腕が怖くないかと聞いているのだ。

「怖くないわけじゃないです。でも……」

そのあとが、なかなかうまく言葉になって出てこない。

今も彼の左腕から遠い、彼の右側に座っている。やはり、左腕が目に入れば恐ろしく感じることもある。近くにいると、呪われた傷が発する禍々しい瘴気で苦しくなるときもあった。

でも、沙耶を買ってくれたうえに恵まれた環境まで与えてくれている武琉に対して礼を失した態度などとれるはずがない。

むしろ、少しでも彼に報いたいと願っていた。

（それだけ、なのかな？　……ううん、よくわからない。わからないけど）

なぜか、彼のそばにいたいと自然と感じるのだ。

数少ない女中だけをそばに置いてこの広い屋敷で過ごしている彼の孤独を、少しでも癒してあげたい。彼が闘いから戻ってくるこの屋敷を少しでも心安らげる場にしたいと、願わないではいられない。

そのために自分になにかできるのならば、なんでもしたいと本心からそう望むのだった。

押し黙ってしまった沙耶を心配して、森羅が声音を明るくして料理を勧めてくる。

「ごめん、変なこと聞いちゃったね。さあ、沙耶ちゃんもどんどん食べなよ。料理いっぱいあるし」

武琉も頷いた。

「そうだな。沙耶はもう少し食べたほうがいい。ばあやたちも心配してたぞ」

ばあやとは、屋敷に残っている古参の女中たちを指す。彼女たちからは沙耶の食が細いことをたびたび心配されていた。

こくこくと沙耶は頷くが、頭の中ではどうしたらもっと彼に報いることができるのだろうと考え続けていた。

だから、あまりよく周りを見ていなかったのだろう。

乾いて声の出にくくなった喉を潤そうと、近くにあった切子硝子のコップに手を伸ばす。果汁だと思って、ごくごくと飲んだ瞬間、喉がかっと熱くなった。

(あ、あれ?)

森羅の慌てた声が飛んでくる。

「沙耶ちゃん、それ、焼酎の果汁割!!」

すぐに武琉が沙耶の手からコップを取り上げるが、時すでに遅し。

顔が火を噴いたように熱くなり、頭がぼんやりしてくる。すぐに脳の芯がしびれたようになって、隣にいる武琉の心配そうな顔がくるりと回ったように見えたのを最後に目の前が真っ暗になった。

「沙耶!?」

意識が遠のく。

(ああ、武琉様にご迷惑かけちゃった……)

薄れゆく意識の中でぼんやり申し訳なさを覚えながら、沙耶は気を失った。

次に意識が戻ったとき、沙耶はゆらゆらと規則正しいテンポで揺さぶられていた。

重くぼんやりした頭をのっそり上げると、武琉の顔がすぐ近くに見える。

どうやら抱きかかえられているようだ。彼は右腕だけで器用に沙耶を支えながら歩いていた。

沙耶の肩に、ふらっとコカゲが飛んできて留まる。

『サヤ、ダイジョーブ？』

「慣れない強い酒を一気に飲んだだけだ。呼吸はさほど乱れてないから、ひと晩寝て酔いがさめれば治るだろう」

抱かれたまま、ひとりと一匹の声が聞こえてくる。

武琉の胸元に顔を預ける態勢になっている。いつもなら恥ずかしさと申し訳なさでいたたまれないだろうが、寝ぼけていたこのときは彼のぬくもりと歩く揺れが素直に心地よかった。

『サヤ、カオがあつい。ボクが、ひやしてあげるね』

コカゲが顔のそばでぶんぶんと羽根を勢いよく震わせた。小さな風がそよそよと沙耶の顔にあたって、こちらも気持ちがいい。

沙耶は武琉とコカゲがそばにいてくれる状況に深い安心感を覚え、再び眠りに引き込まれていく。

——うつらうつらとした浅い眠りの中で、夢を見ていた。

裸足のまま、だだっ広い野原の中に立っている夢だ。

そばに若い藤の木が一本すくっと立ち、淡い紫色の垂れ花のふさがゆらゆらと揺れている。

空は青く、風は柔らかく爽やかだった。足元には一面色とりどりの花が咲き乱れ、花畑は遠くまで続いていた。

周りに人の姿は、ひとつも見えない。ただ穏《のど》やかに、花々がそよそよと吹き渡る柔らかな風に揺れているだけ。とても静かで長閑な景色だった。

人は死ぬと、生前善い行いをしていた者は天国へ行くと聞いたことがある。

天国とはこのような場所なのかもしれない、と沙耶は思う。

そのとき、すぐ真後ろでふーっという鼻息が聞こえた。

振り返ると、そこに大きな獣が伏せていた。

金色のつややかな長い毛に覆われた、小山のように大きく美しい獣だった。

毛の間から馬のような長い顔が覗く。その顔もまた金色の短毛に覆われていて、ゆっくりと息の音が聞こえてきた。寝息を立てて寝入っているようだ。

寝顔は安らかで、見ているこちらまで満たされた心地になってくる。

(ここは、貴方が守っているのね……)

なぜか、そんな言葉が脳裏に浮かぶ。そうだ、ここはこの子の楽園。この子は楽園の守り神なのだ。

沙耶はそっと手を伸ばすと、その獣の鼻に触れた――。


そこで、沙耶は目を覚ました。

ぱちりと瞬きをする。視線の先に見えるのは、見慣れた天井だった。

（あれ？　あの獣は？　花畑は？）

身体を起こす。いつの間にか自室の布団の中で寝ていたようだ。

『サヤ！　おきた！』

コカゲがブーンと飛んできて、沙耶の顔にぺちっと掴まった。それを優しく剥がして手のひらにのせる。

「コカゲちゃん、おはよう」

視線を上げると、布団の脇に座って心配そうにこちらを見つめる武琉と目が合った。

「武琉様？」

「目を覚ましたか。よかった」

「なぜ、武琉様が……」

「ああ、昨晩間違えて森羅のクソ強い酒をあおっただろう。それでぶっ倒れたんだ」

そういえば、昨日、武琉と森羅の酒宴に混ぜてもらったところまでは覚えている。

しかし、その後どうやって自分の部屋まで戻ってきたのかは記憶になかった。

どうやら間違えて酒を飲み、倒れて武琉にここまで運んでもらったようだ。そのうえ、彼は夜通しここで沙耶を見守ってくれていたらしい。

「も、申し訳ありません！」

沙耶が慌てて布団から飛び出し、そのまま平身低頭しようとするのを、武琉は手で遮る。

「いや、大事ないならいい。それがなによりだ。あとで、なにか消化にいいものを届けさせよう」

武琉は立ち上がると、「ゆっくり休め」と沙耶の頭にポンと手を置き優しく撫でて部屋から出ていく。

その後ろ姿を目で追いながら、沙耶はふと不思議な感覚に気づく。

彼の呪われた左腕に目をやっても、今までのような怖さを感じなくなっていたのだ。

むしろ、胸の奥がつんと痛くなるような切なさを覚えた。

（あ、あれ。どうして……）

悲しいわけじゃないのに、沙耶の左目からほろりとひと雫《しずく》、涙がこぼれ落ちて頬を濡らす。

部屋の外では藤の大樹がそよ風に吹かれ、咲き誇る長く垂れた紫色の花弁をそよそよとなびかせていた。

第三章　いにしえの呪い

「八尾さん。はい、これ頼まれていたものです」

不知火家の屋敷を入ってすぐのところにある訪問客用の応接室で、沙耶は待っていた八尾に今回仕上げた神縫いの品物を手渡した。

「まいどありがとうございます、沙耶様」

八尾は細い目をさらに細めて、嬉しそうに品物を受け取る。

今回神縫いを仕上げたのは、着物二枚とハンカチに小さな刺繍を施したものが十枚ほど。神縫いはコカゲの糸を使ってあるので、陽の光に当てないと模様が見えない。

八尾は硝子窓から差し込む陽に一枚一枚掲げて、沙耶の刺繍を確認する。

「いやぁ、今回も見事な出来栄えです」

八尾が褒めると、テーブルの上でコカゲが胸を張る。

『ボクのイトで、サヤがぬうんだから、あたりまえでしょ？』

自慢げなコカゲに、八尾はハハと笑う。

「たしかに、沙耶様の仕上げられるものはいつも大層な出来栄えですからね。こんな小さなハンカチ一枚でも手を抜かずに丁寧に仕上げてらっしゃるのには、本当に頭が下がるばかりです」

不知火家が素晴らしい神縫いの針子を囲っているという噂は次第に市井にも広まりつつあった。

神憑き五家の他家からの注文は武琉が直接持ってくることが多かったが、それ以外の神憑き家や華族、有力商家などからもどうにかして不知火家の神縫いが欲しいとの声が狢屋にも多く寄せられるようになり、こうして八尾を介して商品を卸すようになったのだ。

もちろん沙耶は武琉の衣類を最優先で神縫いしたかったのだが、武琉は沙耶の神縫いが広まればそれだけ魑魅魍魎から身を守る術を持つ者が増えるので好ましいと考えているらしい。沙耶が負担にならない範囲で八尾からの注文を受けるのを好意的に見ているようだった。

とはいえ神縫いを施したものは手間がかかる分、とても高価だ。

今回おろした着物も、八尾からはびっくりするような高い値段で買い取ってもらえた。

沙耶としてはもっと安くても構わないと思っているのだが、「あまり安いと不知火家の権威に傷がついてしまいます」「これくらい出すのは当然です」と言って八尾は譲らない。

「それでは、お着物はこれくらい。ハンカチも一枚これくらいでお預かりいたします」

八尾は革カバンから出したソロバンを、パチンパチンと弾いて見せてくれる。

神縫いの着物は高価で手に入らない層にも、ハンカチなどの小物はとても人気が高いのだという。

「ありがとうございます」

「いえいえ、こちらこそ。よい商売をさせていただいて、ありがたい限りですよ。それでは次にお願いしたい反物や小物はまたお部屋の方にお持ちしておきますので、できあがりましたらご連絡ください」

「はい」

沙耶はにこやかに返す。

また刺繍に取りかかれるかと思うと、ふつふつと嬉しさが沸いてくる。それに、自分が繕ったものを誰かに喜んでもらえるのも嬉しかった。

伊縫家にいるときも日々仕立てや刺繍に明け暮れてはいたが、こんなふうに喜んでもらえるなんて一度もなかったから。

うまくできて当たり前、なにか不備があったり仕上げが遅くなったりすれば瑠璃子たちに叩かれた。なにかにつけていびられ、折檻もされた。

それを思えば、今の環境はまさに天国のようだ。

これは夢じゃないかと心配になるくらい、身に余る環境に置いてもらえていると思う。それもすべて、武琉のおかげだ。

（なにかもっと彼のためにできることがあればいいのだけど）

あれこれととりとめもなく考えながら自分の部屋に戻ってくる。奥の部屋に、八尾が持ってきた新しい反物などが置かれていた。どれも上質な品物だ。

反物を手に取って、ここにどんな刺繡を施したら映えるだろうと想像を巡らせる。図案は沙耶に任されていた。

毎回、新たな神縫いに取り組むときはどんな図案にしようかと考えるのも楽しい。生地の質や色、季節や流行なども取り入れながら案を考える。

今は晩春だが、これから作る着物は冬に向けてのものになる。

しんしんと雪が降る景色を思い浮かべ、そこにどんな柄を添えたら美しいだろうと考えながら縁側に目を向けた。

沙耶の部屋は和室のため、障子戸の向こうには縁側があり、さらに外側は硝子窓で仕切られている。

今日は暖かく障子戸の他に縁側の硝子窓も開けているため、庭からそよそよと爽やかな風が入ってきていた。

そこから青々とした芝が覆う広い庭が見て取れた。その芝の上に小さな人影が目に入る。

（あら？　あれは）

武琉が模造刀を手に鍛練していた。

彼は帝都の警備や、不知火家当主としての役割のために朝から晩まで忙しそうにしているが、わずかでも時間ができればこうやって鍛練を欠かさない。

いつ魑魅魍魎が襲ってきても、いつでも前線に駆けつけて力を振るえるようにしているのだという。

伊縫家の瑠璃子や父たちは、いつも使用人たちに威張り散らし、豪華な食事や派手な会合にと浪費ばかりしていた。神憑き家の人々は特別な力を神より与えられたのだから、贅沢をして下々の人間を酷使するのは当然だと考えていたようだ。

沙耶自身、彼らは特別なのだから特別な振る舞いや暮らしが許されるのだと疑いもしなかった。

しかし、不知火家に来て武琉とともに暮らすようになり、それは傲慢な考えに過ぎないのだと知った。

帝都に住まう人々のために日々鍛錬を積む彼を思うと本当に頭が下がる。

これが真の格の違いというモノなのかもしれない。

沙耶はそんなことを考えながら、硝子越しに着流し姿で模造刀を片手で振るう武琉を見つめていた。作業に向かおうとしても、つい目がそちらに行ってしまうのだ。

無心で剣を振るう彼を見ていると、なぜだろう。胸の奥がキュッと苦しくなる。

でも、怖いとか不安といったものとは明らかに違う。こんな感情を抱くのは初めてで、自分でもどうしていいのかわからなくなる。いったい自分はどうしてしまったんだろう。

戸惑いを持て余していると、沙耶の視線に気づいたのか彼が手を止めてこちらに目を向けた。

目が合った瞬間、ドキッと胸が大きく鳴った。口から心の臓が飛び出してしまうんじゃないかというくらいびっくりして、沙耶は咄嗟に障子戸の影に隠れ、その場に座り込んだ。

顔が熱い。ドキドキと胸の鼓動は大きくなったままだ。

じっと見つめていたのを彼に知られたことが、恥ずかしくて仕方がなかった。

彼は沙耶の行動を不審に思っただろうか。どうしよう。

しゃがんだまま身体を反らしてそろそろと障子戸から顔を出すと、いつの間にか部屋のすぐそばまで来ていた彼と間近で顔を合わせてしまう。

数秒固まったあと。

「ひゃ、ひゃあっ」

再び障子戸の影に隠れたら、背中越しに彼の笑い声が聞こえてきた。

「なにやってんだ、沙耶」

まだ顔が熱いままだが、彼に挙動不審になっていたところを気づかれては、隠れているわけにもいかない。おそるおそる障子戸の影から出ると、武琉は縁側に腰かけてまだ笑っていた。

顔を俯かせながら、彼の近くに正座する。

「私が見てたから邪魔してしまったかと思って……」

「別に邪魔ってわけじゃない。見ておもしろいもんでもないだろうがな」

武琉はそう言って、首から下げた手ぬぐいで汗をぬぐう。見れば、額から玉の汗が噴き出していた。

縁側は部屋のすぐ外に生えている大きな樹の日陰になっているとはいえ、身体を動かしていた彼は暑いだろう。

「今、お飲み物を持ってきましょうか」

立ち上がりかけた沙耶を武琉は止めた。

「いや、いい。あとで井戸の水を浴びてくるから、ついでに飲む。それより、ちょっと頼みたいことがあるんだが、今いいか？」

「は、はい」

沙耶の返事に気をよくしたのか、武琉は「ちょっと部屋で待ってろ」と言い残して庭に戻っていった。

頼みたいことってなんだろう。やっぱり神縫いのことかしら、なんて考えながら待っていると、しばらくしてこざっぱりと新しい着物に着替えた武琉が部屋に戻ってきた。

手には長方形の黒く薄い箱のようなものを持っている。

「これなんだが」

武琉は手に持っていた箱を沙耶の前に置いた。

箱は黒漆が塗られ、金箔押しで家紋が彫られている。

その家紋には見覚えがあった。不知火家の家紋ではない。

「これは、皇家の紋……」

丸の中に菊を描くのは皇家だけが使う最も格の高い紋だ。伊縫家にいたとき、皇家から頼まれて仕立てた特別な着物にはこの紋が入っていたのを思い出す。

「ああ、さすがよく知っているな。これは皇家から下賜《かし》されたものなんだが」

武琉が蓋を開けると、なかにはたとう紙に包まれた着物がひと振り丁寧に入れられている。たとう紙にも皇家の家紋が金箔で描かれていた。

武琉がたとう紙の紐をほどくと、中から美しい振袖が姿を現す。薄い桜色の地に、手描き友禅で細やかに花びらが一枚一枚描き込まれている。

金糸銀糸を多用するような見た目の絢爛《けんらん》豪華さとは違うが、とてつもなく手間と労力をかけ、最高の技法、最高の素材を使って作られているのが沙耶にはひと目でわかった。触れるのもためらわれるほどの上質な着物だ。

「このお着物に、神縫いを？」

沙耶の問いに、武琉はじっと沙耶を見つめて大きく頷いた。

「ああ。とても大切な人に贈りたい。やってくれるか？」

これほどの着物、もしうまくできなかったらどうしようと一瞬不安になる。

武琉は赤い瞳で、沙耶が返事をするのを待っていた。きっと、彼のことだ。できないと言えば無理強いはしないだろう。だが、沙耶の腕を信頼してこの着物を託すのだという思いがひしひしと伝わってくる。

沙耶は膝に置いた拳をきゅっと握ると、こくりと頷いた。

「はい。頑張ります」

沙耶がそう答えると、武琉は嬉しそうに頬を緩める。

「そうか。頼むな。それともうひとつ、頼み事をしてもいいか？　頼みというか……誘いというか。お前がずっと屋敷にこもりっきりになっているのが、ちょっと気になってな」

沙耶はなにを心配されているのかわからず、小首をかしげて武琉を見る。

伊縫の家にいたときだって、たまに使いに出たりはしたが、それ以外はずっと女工部屋と屋敷、工房を行き来するだけの日々だった。

生まれてからずっとそういう生活だったため、屋敷から出ないことで心配されるとは思いもよらなかったのだ。

不思議そうにしている沙耶に、武琉は続ける。

「もしよければ、今度俺が非番のときにでも一緒に外に行かないか？　俺の服を何枚も神縫いしてもらった礼も兼ねてな」

「外……ですか？　わかりました。お気遣いありがとうございます」

外に出てなにをするんだろう。よくわからないまま、微笑みを浮かべて了承する。

沙耶の言葉に、武琉はどこかほっとしたように見えた。


それから十日ほど経った天気のよい日に、武琉と一緒に出かけることになった。

その日は朝から、女中たちに手伝ってもらって支度を始める。

着物ならひとりで着られるのだが、ぜひ手伝わせてほしいと言われれば断る理由もなかった。鏡台の前で長い髪を梳いてもらっていると、女中たちがしきりに「沙耶様は、本当にお可愛らしいこと」とにこにこ褒めてくれる。

後ろ髪をまとめ上げてお嬢様結びと呼ばれる髪型に仕上げてもらった。結び目に着物の色に合わせた水色のリボンもつけてくれる。

さらに水白粉で肌のキメを整え、頬に薄く頬紅をはたき、桃色の口紅を唇にのせる。

着物は、爽やかな水色のもの。裾に鈴蘭の柄が愛らしい。

鏡の中の自分が、どんどん綺麗になっていくのがわかった。まるで、良家のお嬢様のようだ。

『サヤ、とってもかわいいよ！』

コカゲも沙耶の周りをふわふわと飛び回りながら褒めてくれた。

そのとき、戸がドンドンと叩かれる。

「できたか？」

廊下から聞こえてきたのは、武琉の声だ。

「は、はいっ！　今終わりました！」

すぐに立ち上がると、コカゲに小さく手を振る。

「じゃあ、行ってくるね。コカゲちゃん」

『うん！　きをつけてね！　はやくかえってきてね！』

コカゲは、今日は屋敷でお留守番だ。コカゲの姿は誰にでも視えるわけではないが、万が一しゃべっているところを他の人に見られたら厄介なことになるからだ。

急いで廊下に出ると、武琉が待っていた。

いつも屋敷で過ごすときは着流し姿の多い彼だが、今日は紺の三つ揃えをきっちりと着込んでいる。背が高く、しっかりとした体つきの彼にとてもよく似合っていて、思わず見惚《みほ》れそうになった。

彼もどこか驚いたような表情でじっと沙耶を見つめたあと、ふわりと優しく笑みをたたえて右手を差し出してくれる。その手に戸惑いながらも自分の手を重ねると、ぎゅっと握られた。

「行くか」

手をつないでいることに気恥ずかしくなりながらも、こくこくと頷く。

表玄関の前には、不知火家所有の黒塗りの車が待っていた。白手袋の運転手が恭しく挨拶して後部座席のドアを開けようとする。それを武琉が目で制して、彼自らドアを開けてくれた。

「さあ、どうぞ」

車というものに乗るのは初めてだったので、どうしていいのかわからなかったが、座席があるのは馬車と同じだった。あそこに乗ればいいのだろう。

後部座席の奥に座ると、その隣に武琉が腰を下ろす。

運転手がドアを閉めて運転席につくと、すぐに車は動き始める。馬がなくとも動くのがなんとも不思議だった。

「「いってらっしゃいませ〜」」

女中たちが総出で見送ってくれた。みなにこやかに手など振ってくれて、中には手ぬぐいで目元をぬぐっている者までいた。

「あ、あの。あの方たちは一緒には行かれないのですか？」

「俺とふたりじゃ嫌か？」

なぜか心配そうに武琉は聞いてくる。沙耶はぶんぶんと首を横に振った。

「いっ、いえ。そんなんじゃないんです」

てっきり女中たちも何人かはついてくるとばかり思っていたから運転手をのぞけば武琉とふたりだけだったことに驚いただけで、嫌などという気持ちは微塵もない。

偉い人が出かけるときはお付きの人間や護衛などたくさん引き連れていくものだと思い込んでいただけだったのだが、考えてみたら武琉よりも強い人間など帝都にはいないだろう。護衛がいないことも素直に納得した。

車は大きな屋敷ばかりが並ぶ閑静な屋敷街を抜けて、帝都の賑やかな一帯へと進んでいく。

ガス灯が等間隔に並ぶ大通りには、馬車だけでなく車もちらほら走っていた。歩道にはたくさんの人が行き交っている。

通りの両側には近代的なレンガ造りや石造りのビルヂングが並んでいる。その一角にある建物の前で車は止まった。

先に降りた武琉に手を引かれて車を降りると、目の前には三階建てで石造りの大きな建物があった。

下りたときに手を預けたまま、武琉は沙耶の手を握って歩きだす。

運転手は深々と頭を下げてふたりを見送ってくれた。つまり、ここからは完全に武琉とふたりっきりなのだ。

ふたりだけになると、妙に彼を意識してしまって心臓が落ち着かない。

つないでくれた手は温かくて、ふいにかつての懐かしい記憶が脳裏をよぎる。

幼い頃、お使いのさなかに迷子になった沙耶を助けてくれたあの少年のことだ。

そういえば、最近はあのときの少年を思い出す機会もめっきりなくなっていた。不知火家に来てからというもの、ずっと大事にしてもらっているおかげで過去の思い出にすがる必要がなくなったのかもしれない。

そんなことを考えながらつながれた手から彼へと視線を移して、沙耶は「あ」と声をあげそうになった。

彼を見上げながらも、心のどこかで知らないうちに、あのときの少年と武琉を重ねてしまっていたことに気づいたのだ。

あのときの少年の手も、武琉と同じように温かかった。

（……あれ？　そういえば、彼も赤い瞳だった……？）

少年は髪を短く刈り込んでいたから、てっきり別人だと思い込んでいた。でも、彼も赤い瞳をしていたように記憶に残っている。

偶然、なのだろうか。それとも……。

そんなことを考えているうちに、ふたりは建物の中へと足を踏み入れていた。

「ここは『百貨店』という。いろんなものが売っているから、なんか揃えるには手っ取り早い。まぁ、うちの屋敷には外商が来てるから店に足を運ぶ必要はないんだが、店のほうが品ぞろえが豊富だからな」

店内に入ると、中は多くの人々で賑わっていた。あまりの華やかさに沙耶は息を呑む。

高い天井には硝子製の大きなシャンデリアが下がっている。

床には赤じゅうたんが敷かれ、あちこちにショーケースが並んでいた。ケースの中には宝石やアクセサリーなどが置かれ、その他にも靴や帽子……とにかくたくさんのものが売られていた。

そのどれもが、沙耶には想像がつかないほど高価なものばかり。店内にいる客たちもみな上品な装いをしている。おそらく上流階級御用達の店なのだろう。

エレベーターとかいう動く箱に乗ると、あっという間に三階までたどり着いたのも驚きだった。

三階は洋服売り場のようだ。街の中ではまだ洋服姿の女性を見る機会は少ないが、ここには女性ものの洋服も数多く売られていた。

「好きなのを選んでいいぞ」

武琉の言葉に、沙耶は目をぱちくりさせる。

「どなたの服を選ぶのですか？」

沙耶がきょとんとして尋ねると、武琉はくすりと笑った。

「俺の目の前にいるのは、沙耶だけのはずなんだが？　うん、まだよくわかってないな？　今日は礼だって言っただろ？」

「は……はい」

礼なら、屋敷の車に乗せてもらって、こうして外に連れてきてもらい、街並みや自分ひとりでは絶対入ることの叶わない店に入れただけでも充分だと思う沙耶だったが。

「好きな服を選べ。いくらでも買ってやる。着物なら屋敷にも用意しておいたが、洋服はまだなかっただろう？」

なんて武琉が促すので、さらに目をぱちぱちさせた。

自室に置かれた着物ですら、まだ全部に袖を通してはおらず仕付け糸がついたままになっているものもたくさんあるのに、武琉はさらに洋服まで買ってくれるという。

「そ、そんな、選ぶだなんて——」

恐れ多くてできないと返そうとしたところ、それを遮るように武琉が指を鳴らした。

すると、遠巻きに控えていた女性店員数人がすすっと寄ってきて服を選び始める。

「お嬢様、これなんていかがでしょう」

「こちらも素敵でございますよ？」

店員たちは洋服を次々に持ってきた。

「え、え!?」

戸惑う沙耶だったが、持ってこられた洋服を見ているうちに針子としての血が騒ぎ出したのだろうか、洋服を見るのが楽しくなってくる。

店員たちが持ってきてくれるブラウスもスカートもワンピースも、本当に素敵で目移りしてしまう。

「さあさ、気に入ったのがあったら着てみてくださいな」

店員に促されて試着室に入った。そこでも若い女性店員がつきっきりで着方を教えてくれる。

ワンピースを着て鏡の前に立つと、見慣れない洋装姿の自分が映し出される。

清楚な印象の象牙色のワンピースは、胸元に焦茶のリボンと赤い石のブローチがついていた。その石の色が武琉の瞳と同じで、沙耶は内心そのワンピースがとても気に入った。

それに着心地も、着物と違って締めつけられるものがなくてとても楽だ。むしろ、足元などスースーしてしまって心許なくなるくらい。

「さあ、着替えたら不知火様にお披露目しましょう？」

『不知火様』と言われて、一瞬誰だっけ？と考えてしまったが、すぐに武琉を指しているのだと気づく。

武琉がこの建物に入ってから名乗るのを見た覚えはなかったが、よく考えたら彼のような地位も名もある人物のことはこういう店で働く者なら知っていて当然なのだろう。

そういえば店に入ったときから、ずっと周りに数人の店員がついてきて、あれこれと世話を焼いてくれている。先ほどは店長らしき人まで挨拶に来た。それもこれも不知火家に対する特別なもてなしなのかもしれない。

店員が試着室のカーテンを開けた。

外で待っていた武琉が、沙耶を見て目を見張るのがわかる。

沙耶は恥ずかしくなって思わずカーテンを再び閉じようとしたが、その手を武琉が遮った。

「こらこら、なんで閉じるんだ」

「だ、だって……」

似合ってないって思われたらどうしよう、と急に不安になったから、とは白状できない。

反応を恐々うかがうと、武琉は眩しそうに微笑んでいた。

「よく似合ってる。沙耶は着物もいいが、洋服も可愛らしくていいな」

「あ、ありがとうございます……」

気恥ずかしさのあまり、消え入りそうな声で答えた。

武琉はすぐに、そばに控えていた店員に伝える。

「これを一式もらう」

「はい。ありがとうございます」

店員は恭しく返すが、焦ったのは沙耶の方だ。

「こ、こんな高価なものいただけません！」

慌てて遠慮する沙耶だったが、武琉は「礼だって言っただろ？」と聞かない。

結局、試着した服はもちろん、それに合う帽子やカバン、靴まで諸々購入してしまった。

さらに洋服を数着購入して売り場をあとにするときにはふたりの後ろに荷物運びのボーイが続き、彼らの手には箱や紙袋が持ちきれないほどの量になっていた。

しかも、今日は動きやすいほうがいいだろうという武琉の提案で、先ほど買ったばかりの象牙色のワンピースを着ていくことになった。

初めて穿《は》いたスカートはふわふわと足元が軽くて、なんだか落ち着かない。でも、店に置いてあった姿見に映る自分の姿は、とてもモダンなお嬢さんのように見えた。

三つ揃え姿の武琉と歩くのならば、洋装のワンピースのほうがしっくりくる。

もうひとつ気になったのは、ふたりを遠巻きにするようにうかがう人々の視線だった。こっそり見ている人もいれば、露骨に見ている人もいる。

そのほとんどが女性だ。それも、若い人が多い。

沙耶は、武琉を見上げた。

「ん？　なんだ？」

「いえ、なんでもありません」

間違いなく、彼女たちの視線は彼に向けられている。

無理もない。整った顔立ちに、意志の強さが滲む赤い瞳。一般男性より頭ひとつ以上高い背丈。日々の鍛錬が作り上げた逞《たくま》しい身体つき。仕立てのよさがひと目でわかる上質な三つ揃え。やんちゃなようでいて洗練された振る舞い。

どれひとつとっても周りの人の目を惹きつける魅力にあふれている。

そんな彼のそばを一緒に歩いているなんて、まるで夢心地だ。

百貨店を出ると、再び車に揺られて次に行ったところは『帝国劇場』だった。

伊縫家にいた頃、瑠璃子がよく着飾って観劇に行くのを見送ったものだ。そのときは自分には一生縁遠い世界だとばかり思っていたから、まさかここに客として来る日が訪れるなんて当時の自分が聞いたら到底信じられないだろう。

しかも、ふたりが通されたのは一般座席を見下ろすように作られた貴賓席だった。ここからは、舞台が遮られることなくよく見渡せる。

もちろんここでもまた、武琉は注目を浴びていた。特に若い女性たちから送られる視線は熱すら感じそうなほどだ。

しかし武琉自身は慣れているのか、特に気にした様子もない。始終、沙耶のことだけを見てくれていた。

それが、なんだか少し面はゆい。

劇は『オペラ』というものらしい。劇の合間合間に、美しいドレスを着たお嬢さんやきりりとした紳士が広い劇場を満たすほどの声量で歌い上げる。

沙耶はすぐに物語に引き込まれ、喜劇役者のコミカルな演技に笑ったり、悲恋の物語にほろりとしたりと大忙し。初めて見たオペラに感激しきりだった。

だから、貴賓席の欄干に手をついて夢中で観劇を楽しむ沙耶の姿を、武琉が熱を帯びた瞳で見つめていたことにはまだ気づかないでいた。

観劇のあとは、「疲れただろ。ちょっと休むか」という武琉の提案で、帝立庭園の中に作られた喫茶店へと足を延ばす。

店の外観には硝子がふんだんに使われており、美しい洋風庭園が店の中から楽しめる贅沢な造りになっていた。

ここでも、武琉は注目の的だった。

女学生たちが武琉を見て『どこの家の方かしら』『きっと名のある家の方に違いないわ』『もっとこっち見てくれないかな』とごしょごしょ話しているのが沙耶のところにまで聞こえてくる。連れ合いの男性をそっちのけで武琉に見惚れているご婦人もいた。いや、男性でもチラチラこちらを見ている人もいる。

沙耶たちが案内されたのは、窓際の見晴らしのいい席だった。真っ白いクロスがかけられたテーブルに、椅子が四脚並んでいる。

そのひとつに武琉が座ったので、沙耶も向かい席に腰を下ろした。

すぐに、着物に白いエプロン姿の女給が水のコップとメニュー表を持ってやってくる。歩くたびにふたつに分けた三つ編みが揺れる、小柄で可愛らしい女給だ。

彼女からメニューを受け取って眺めてみると、見知らぬカタカナの名前が並んでいて、沙耶にはちんぷんかんぷんだった。おそらく飲み物や食べ物の名称が書かれているんだろうなというのはわかるものの、それがどんなものなのかほとんど想像できない。

女給が再び注文を取りに来るが、どれを注文していいのか戸惑っていると、武琉がそんな沙耶を見かねてあれこれ注文してくれた。

メニュー表を女給に返して、ほっと息をつく。

「なにもかもやっていただいて、すみません」

「沙耶」

武琉の赤い瞳がまっすぐに沙耶へと向けられる。

この瞳に見つめられると、沙耶は惹きつけられて目をそらせなくなるのだ。今もそうだった。

「はい」

なにか粗相をしてしまっただろうか、と内心不安になる。

姉の瑠璃子にはよく、お前はグズでノロマでどうしようもない、生きている価値もない、人を不愉快にしかしない人間だと叱責された。その声が頭の中に蘇り、耳元で姉の声が聞こえてくるような気がした。

沙耶は俯き、ぎゅっと目を閉じた。身体に力が入る。実家にいるときよく、そうやって姉や義母の罵詈雑言《ばりぞうごん》から耐えていたときのように。

しかし、武琉が口にしたのは叱責や苦言ではなかった。彼の声は、いつもより柔らかく耳朶《じだ》に響く。

「沙耶。わからないことや、できないこと。手に負えないことがあったら、俺を頼れ。

どんなことでもだ」

沙耶は、驚いた目で武琉を見る。

「頼る、ですか？」

「そうだ。お前は俺の身を神縫いの衣で守ってくれている。死線を潜り抜けるような熾烈な戦いが繰り広げられる最前線で、お前が縫ってくれた服がどれほど心強いと思う？　何度危うい局面をお前の力が救ってくれたかわからない」

だから、と区切ってから、武琉は語気を強めて告げる。

「どんなときでも、お前を守る。俺はお前のためなら、どんなことにでも立ち向かえる」

その言葉には一片の嘘偽りも感じられない。まっすぐに沙耶の心に染みてくる。

沙耶の瞳が潤み、思わず沙耶は俯いた。感情が込み上げてあふれそうになる。

（私も……あなたの役に立てるなら、これ以上嬉しいことなんてありません）

そう返したかったが、喉の奥が詰まってしまってうまく出てこない。声よりも先に涙が出てきてしまいそうで、顔を上げられなかった。

そのとき、「お離しください！」と訴える若い女性の声が店内に響いた。

ハッとして顔を上げると、少し離れた席で先ほどの女給が男性客に捕まっていた。

お盆にカップをのせてテーブルへと給仕している最中に、恰幅《かっぷく》のよい中年の客に言い寄られて腕を掴まれたようだ。

室内にざわざわと、嫌なざわめきが広がる。

女給は明らかに困惑しているようだ。すぐに黒い三つ揃えを着た女給の上司らしい男性も駆けつけてきて、客の男に女給を離すよう頼み込んでいる。あの人がここの店長のようだ。

しかし、客の男は一向に聞く耳を持たない。店長もひたすら懇願するばかりだ。

店長が及び腰なのは、相手が客というだけでなく、その男が見せつけるようにいい身なりをしているからだろう。口元にはよく手入れされた口髭、七三に撫でつけた髪、指には大きな宝石のはまった指輪がいくつも見えた。そばにはお付きの人まで控えている。間違いなく上流階級の人間だろう。

だから、店長も強くは出られないのだ。それは他の客たちも同じだった。ひそひそと話し、哀れんだ目を女給たちに向けるだけで、とばっちりをくわないようにと身を小さくしている。

客の男はニヤニヤとした表情を隠しもせず、店長を無視して立ち上がると、怯える女給を無理やり自分に抱き寄せようとした。女給は怖くて泣き始めている。

沙耶も女給が心配で目を離せないでいると……。

「ちょっと待っててくれ」

武琉が沙耶に短く断り席を立つ。そして、すたすたと女給たちのもとへ歩いていった。

（どうするんだろう……）

沙耶ははらはらしながらも、その背中を見送るしかできない。膝の上に置いた手のひらをぎゅっと握って見守っていた。

武琉は女給たちに近づくと、女給の腕を握って離さない男の腕をむんずと掴んだ。

「な、なにをする!?」

客の男は、まさかそんなことをしてくる人間がこの場にいるとは想定もしなかったのだろう。狼狽《ろうばい》した声をあげた。

「彼女は、離してくれと言っているだろ。聞こえないのか？」

ぎろりと武琉は赤い瞳で客の男を睨んだ。

客の男は一瞬、ひるんだもののすぐに虚勢を張る。ぎこちなく武琉を睨み返すと、吠《ほ》えるように叫んだ。

「貴様！　私は神憑き序列七位の秋月《あきづき》家の人間だぞ！　こんな無礼が許されると思っているのか！」

そう叫ぶと、女給から手を離して武琉の手を乱暴に振り払った。

「きゃあっ！」

女給は自分が殴られると感じたのか、怯えて身を縮こませる。その際、盆にのっていたカップが落ちて武琉のジャケットに珈琲《こーひー》が降りかかった。

しかし武琉は表情ひとつ動かさず、そのまま中年男の胸ぐらを掴んだ。低い声でさらに威圧する。

「それがなんだ。序列を出すなら俺は一位だが？　お前の顔を見た覚えがないな。お前も俺の顔を見て誰だかわからないなら、当主筋ではないだろ。秋月家の分家か？」

客の男は胸ぐらを掴まれたまま口をぽかんと開けた。喉から搾り出された声は掠れて先ほどまでの威勢はすっかり消え失せる。

「い、一位……？　一位っていえば、ここのところずっと不知火家では……」

そこで、ようやく客の男は自分が面している相手が誰なのか気がついたようだ。

「貴方は、不知火武琉様!?　お、おわっ！」

武琉が手を離したものだから、男は無様に尻から床に倒れ込んだ。しかし、すぐさま起き上がると武琉の前で土下座をする。

「も、も、申し訳ございません!!　どうかご無礼をお許しください！」

そう謝ると、転がるように一目散に喫茶店から逃げ出した。

「あ、お、お待ちください！」

付き人が慌てて、男が置き忘れていった帽子とカバンを抱え追っていく。

ふたりの姿が見えなくなって、ようやく武琉は小さく息をついた。店内の雰囲気も、ほっと和らいだものに変わる。

店長は武琉に深く頭を下げた。

「ありがとうございます、不知火様」

女給も涙をぬぐうと、おさげを揺らしてお辞儀した。

武琉は「またなんかあったら、俺の名前を出してくれて構わない」と言い添えると、沙耶のいる席に戻ろうとした。

しかし、店長は先ほど珈琲で濡らしてしまった武琉のジャケットをしきりに気にしていた。

「申し訳ありません。弁償を……」

「いや、いいって」

「せめて、お召し物を拭かせてください」

このまま武琉を帰してしまえば評判に関わると思ったのだろうか。武琉はすぐに断ったのだが、店長は必死に拭かせてくれと頼んでくる。他の女給たちも水の入った桶《おけ》や真っ白い布巾を持って駆けつけてきた。

しかし、本人の了承がなければ、神憑き家という遥かに格上の人間である武琉の身体に触れるなどできないのだろう。それで頼み込んでいるのだ。

　武琉はしばし迷ったあげく、嘆息した。

「わかったよ」

　渋々ジャケットを脱ぐ。その下に着ている白いワイシャツは脱ぎ着がしやすいように左袖だけ切り落としてあった。そのため、武琉がジャケットを脱いだことで、その下に隠れていた左腕が露わになる。

　肩口から手首までぐるぐるに巻かれた包帯。その包帯には呪いを抑え込むために何枚も霊符が貼られ、細い鎖で巻かれている。そこまでしても呪いは武琉の腕を侵食し続けており、ところどころ濃い瘴気が染みとなっていた。

　さらに霊的な勘所のある者ならば、呪いの傷跡から発せられ左腕を覆うように漂う禍々しい瘴気を感じたかもしれない。

「ひっ……」

　助けられた女給が、武琉の左腕の禍々しさに思わず喉を鳴らして後ずさった。店長も顔が青ざめている。

　武琉はこの反応を予想していたのだろう。文句をつけるでもなく、ただ苦笑を浮かべた。

「うちの運転手に、代わりの服を持ってくるように伝えてくれ」

　武琉が頼むと、店長は「は、はいっ！　ただいま！」と慌ててその場をあとにした。

女給もぺこりとお辞儀ひとつして、そそくさと奥へ引っ込んでいく。

武琉は何事もなかったように沙耶のいる席へと戻ってきた。

「待たせたな」

ひと言謝ってくれるが、その声音が心なしか硬い。

無理もない。武琉はただ人助けをしただけなのだ。横暴に騒ぐ神憑き家の人間相手には、武琉のような地位のある人間が出ていって抑え込むしかなかっただろう。

でも、そのせいで武琉は、今度は先ほどとは別の意味で理不尽な視線に晒されている。

チラチラとこちらを見る者。ひそひそと話す声。急いで会計を済ませて、店から出ていく者もいる。

そこにはもう黄色い声や好意的な視線は感じられない。

あるのは、得体の知れないモノへの恐怖や警戒心、恐ろしいものを忌避する態度。

しかし、武琉は気にした様子もなく、平然としている。彼らの反応も想定内なのだろう。すっかり慣れているように見えた。

でも、本当にそうだろうか。

（ううん。きっとそうじゃない。慣れたって、つらくないわけがない）

沙耶だって、実家でひどい目にあわされていたときは、慣れはするもののつらい思いが消えることはなかった。あのとき心の中にあったのは、諦めだけ。ただ過ぎ去るのを待って耐え忍んでいただけだ。

どうにもならないなら、諦めて受け入れて慣れるしかない。

武琉もそうなのではないだろうか。ひとりでずっとつらさを抱えてきたのではないのか。そんな気がしてならなかった。

かつては武琉の周りには、多くの人が集っていたに違いない。たくさんの人が彼を慕っていたはずだ。

しかし、一年前に左腕へ廃神の呪いを受けてから、周りの人たちの反応は手のひらを返したように変わってしまったのかもしれない。

そこで、沙耶ははたと思い返す。今朝、屋敷から出かけるとき、長年勤めている年配の女中たちが総出で見送ってくれた。その中には、沙耶と出かける武琉を見て涙をぬぐっている者もいた。

もしかしたら、武琉が私的に誰かと一緒に出かけるのは、呪いを受けて以来初めてだったのだろうか。女中たちですら、もうそんなことは二度とないかもしれないと感じていたからこそ、今朝、あそこまで嬉しそうに見送ってくれたのではなかったのか。

今、彼の近くにいるのは、彼を幼い頃から知っている女中たちや、森羅のような幼馴染といったごく近しい相手だけ。

ご両親もすでに鬼籍に入られて、兄弟姉妹もないという。

ここ数カ月、不知火の屋敷に住まわせてもらっているが、その間に個人的に武琉を訪ねてきたのは森羅だけだった。

彼が抱える孤独に思いを馳《は》せる。

人の気配の少ないあの大きな屋敷で、彼はなにを思ってきたのだろう。

彼自身を恐れる人たちを、それでも全力で守らなければならない境遇になにを感じてきたのだろう。

孤高で、孤独。誰とも分かち合えないつらさ。

それでも彼は前を向き、なんでもないことのように自分の役割をこなしている。

それがどれだけ大変か、沙耶はようやく思い至る。

それほどの苦境の中にある彼にどんな言葉をかければいいのだろうか。考えても考えても適切な言葉が出てこない。

黙りこくりながらも頭の中では忙しく考えていたが、いい答えはなにも浮かばなかった。それなら、行動で示すしかない。

沙耶はテーブルに両手をつくと、ガタリと椅子を鳴らして立ち上がった。

「沙耶？　どうした？」

武琉の問いかけには答えず、沙耶は彼の隣まで歩いていくと、小刻みに震える声で問い返した。

「武琉様。あの、お隣に移ってもよろしいでしょうか？」

彼の左側の椅子が空いている。そこに座ってもいいかと問いかけたのだ。

彼の左腕が視界に映る。でも、もう怖くはなかった。この前、誤って酒を飲んだときに不思議な夢を見てからというもの、彼の左腕を見ても恐ろしいという気持ちはなくなっている。

「あ、ああ。別に構わんが……」

武琉の瞳に戸惑いの色がうかがえる。でも、許可はもらえた。それなら、今さら遠慮をしても仕方がない。

「失礼します」

そうひと言声をかけて、沙耶は彼の左隣に座った。ただ、それだけのことだ。それだけなのだが、彼をひとりにしたくなかった。孤立させたくなかった。

周りの誰もが彼から遠ざかってしまったとしても、自分だけは絶対に彼のそばから離れたくないと心の底から思う沙耶がいた。

だからどうか、隣にいさせてほしいと祈るような気持ちで願う。

武琉は目を見開いて驚いた顔をしていた。

（こんなことをして、ご迷惑だったかな。はしたないかしら……）

席を移ったあとになって急に心配になってきたが、もう今さら戻れない。

恥ずかしくて俯く。かっと顔が熱くなって耳まで真っ赤になりそう。

その耳にポツリと、彼の声が掠める。囁《ささや》くような小さな呟きだっだけど、隣にいたからかろうじて聞こえた。

「……ありがとう」

弾かれたように顔を上げると、こちらを見つめる彼と目が合った。

彼は小さく笑みを浮かべている。どこかほっとしたようなその笑みに釣られて、沙耶の顔からも緊張が解け、微笑みが広がる。

ふわりと温かな空気に包まれるようだった。

そこに、女給がふたりの前へ頼んでいたものを運んでくる。

硝子製の縦長の器に緑の飲み物が入っている。上には白いアイスクリームがのって、脇には真っ赤なさくらんぼが添えられていた。

たしか武琉が『クリームソーダ』と注文していた記憶がある。

初めての飲み物に驚いていると、武琉が添えられていたストローを手に取り、沙耶のクリームソーダに挿してくれた。

「早く飲まねぇと、あふれるぞ」

たしかにアイスクリームが溶けて泡になり、器からあふれそうになっている。

慌ててストローで緑の飲み物を吸うと、口の中いっぱいにしゅわしゅわとした弾ける感触が広がった。沙耶は目を白黒させる。でも。

(美味しい……)

爽やかな甘さが喉を通り過ぎていく。初めて飲んだ味だった。

「うまいか?」

武琉に問われて、沙耶はこくこく頷く。

「こんなに美味しいもの飲んだの、生まれて初めてです」

「そっか、それはよかった。連れてきたかいがあったな。俺も好きなんだ、これ。キャラに合わないって、森羅には言われるけどな」

たしかに武琉はどちらかというと、日本酒とかウヰスキーとかの渋めの飲み物のほうが外見の印象には合っているかもしれない。そういうものも屋敷で好んで飲んでいるのを見かけるが、案外甘党なのかもしれない。

「美味しいものを食べたり飲んだりするのは、幸せです」

真面目に沙耶が言うと、武琉はハハハと豪快に笑う。

「違いねぇ」

そうこうしている間に、女給が次の料理を運んできた。

目の前に置かれたのは、ほかほかとした焼きたてのホットケーキ。これもきっと、武琉の好物なのだろう。武琉がナイフで切り分け、硝子の小瓶に入っていた琥珀色《こはくいろ》のとろりとしたものをかけてくれる。

ひと切れフォークで挿して口に入れると、ふんわりとした甘さがゆっくりと口の中で溶けていった。これも格別に美味しい。

「また、こうして一緒に食いに来てくれるか？」

「はい。お邪魔でなかったら、ぜひご一緒させてください」

にこりと沙耶は答える。美味しいものを食べるのは幸せだ。でも、それが大好きな人と一緒なら、さらに幸せは何倍にもなるのだと沙耶は初めて知った。

◇◇◇

帝都の中心部にある、こんもりとした森のような場所。その周りは深い堀と厚い塀で覆われ、あちらこちらに兵が配置されている。

そこは『御所』と呼ばれ、皇家の住まいと政が行われる施設などが置かれている、この国の中枢と言える場所だった。

今日は御所内のとある屋敷で、神憑き家当主たちが集まる『神薙《かんな》ぎ会』という会合が開かれることになっていた。

ひと口に屋敷といっても古《いにしえ》の寝殿造を模した建物は荘厳で、寝殿と呼ばれる広い板間の周りは御簾《みす》が上半分たらされ、御簾の下からは太鼓橋の架けられた庭池や築山といった見事な景観が見渡せる雅な造りになっている。

帝都に参集できる神憑き家は、全部で十六家あまり。さらに、地方を統べる神憑き家も合わせると三十ほどになる。そのすべてが、それぞれ異なった異能を持つ一族だ。

神薙ぎ会に集まるのは神憑き家当主だけでなく、高官や異能を持たない上級華族の当主などもいる。

つまりこの帝都、ひいてはこの国を左右する実権を持つ者たちがここに集まるのだ。

皇家は表の政から退いて久しい。かつては皇家の当主がこの国の国主として君臨していたと聞くが、神憑き家を二分しての跡目争いが激化した反省から皇家は一線を退き、今は神憑き家による合議制がとられていた。

神憑き家の序列は時代によって異なるが、魑魅魍魎に脅かされて人々の生活領域が限られてしまった現代においては、武力に秀でた家の序列が自然と高くなっていた。

つまり、序列一位の家は、この国最高の武力を持つ家となる。

今この寝殿に、神憑き家の当主が序列に従って二列に並ぶ。

案内の声が序列と家名を告げると、正装した当主がお付きの者を引き連れて入り、並んでいった。

序列の低いものから入室するため、最後に呼ばれたのは……。

「序列一位、不知火家ご当主、武琉様」

武琉だった。白を基調とした羽織姿の礼服は、彼の高貴さと高潔さを表しているかのようだ。

その場にいる全員が彼の登場に膝をついて頭を下げる。

揺るがすことのできない絶対的な存在。

まっすぐに前を向いて歩く彼の眼差しは、いつだって鋭く、他を圧する。

廃神によって左腕に呪いをかけられた今となっても、それは変わらない。いや、以前にも増して彼がまとう佇まいには凄みが感じられた。

みなが頭をつけんばかりに低頭する中を、武琉は堂々と歩いていく。

武琉はその途中、神憑き家の末席にいる紋付き袴姿の伊縫泰成をちらりと一瞥した。

（こいつが、沙耶を売った父親か……）

言いたい文句なら山ほどあったが今は心の中にとどめておく。

武琉が神憑き家の最前列に置かれた円座に胡坐《あぐら》をかいて座ると、他の者たちは立ち上がり武琉に一礼したあと各々円座に腰を下ろした。

すぐに文官たちが武琉たちの前に小机と本日の資料を置き始める。

こうして今回の神薙ぎ会は始まった。

ここでは、政の最高決定がなされる。話し合う議題は、魑魅魍魎に対する防衛に関するものから、人々の生活に対する施策、はては外交戦略にまで及ぶ。

議論は長時間に及ぶが、今回は特段紛糾することもなくつつがなく進んでいった。

しかし……。

(なんだ、この痛み……)

武琉は次第に左腕に違和感を覚え始めていた。

石のように動かないのはいつもと変わりないものの、じくじくと痛むのだ。

今までも痛むことはしばしばあったが、安静にしていれば次第に治まるのが常だった。

しかし今度ばかりは、痛みが治まるどころかどんどん強くなってきている。次第に呼吸にも荒いものが混じるようになった。

それでもなんとか会合の間は、痛みを我慢してその場にとどまっていた。

ようやく会合が終わり、神憑きの者たちは慰労と懇親を兼ねて別室で用意されている『直来《なおらい》』と呼ばれる宴会に向かうことになる。

会合の緊張が解けて、ざわざわとした空気の中、他の神憑きたちも席を立ち始めた。

武琉も立ち上がりはしたのだが、左腕のあまりの痛みにその場で動けなくなった。

すぐ隣にいた神憑き序列三位の土御門天乃が、武琉の異変に気づいて耳打ちするように小声で尋ねてくる。

天女のような唐風の礼服をまとい、肩には薄絹の領巾《ひれ》をかけた、泣き黒子の印象的な美しい女性だ。少なくとも武琉より十は年上のはずだが、いまだ同年代に見えるほどの若々しさを保っている。

土御門は大地の神に愛され、五穀豊穣を司る家柄だった。

「どうされたのですか？」

「腕が……」

武琉はそう返すのが精いっぱいで、左腕を押さえた。左腕全体が、まるで火をつけられたかのように痛い。

次の瞬間、ずきりとひときわ痛みが強くなる。

「うっ」

武琉は左腕を右手で抱くように押さえたまま、その場で痛みのあまり意識を失いかけた。寸前で意識を保つが、一瞬意識が途切れたときにふらついて床に片膝をつく。

「武琉!?　どうしたの!?」

森羅の慌てた声が聞こえたが、痛みにうずくまる武琉には答える余裕もなかった。

騒然となる室内。その様子を少し離れた場所でじっと眺める老爺《ろうや》がいた。

水色の羽織に濃紺の袴をはいた、白髪の老爺。水卜部家当主の、水卜部源道《げんどう》だ。

源道は口元に薄く笑みを浮かべる。その目には還暦をとうに超えた年齢とは思えないほどの、ぎらついた野心が漂っていた。

◇　◇　◇

武琉とお出かけしたあと、沙耶の不知火家での日常は穏やかに過ぎていった。

神縫いの仕事は八尾からたくさんもらっていたが、今は事情を話してそちらは控えめにしてもらっている。最優先で取りかからなければならない着物があるからだ。

武琉から直接頼まれた、あの皇家からの下賜品の着物だった。

黒漆塗りの桐箱から、両手で丁寧に取り出す。たとう紙を結ぶ紐をほどくと、美しい着物が露わになった。

それを手に取って、沙耶はほうとため息を漏らす。

（本当に、美しいお着物）

仕立てや生地、染付が素晴らしいだけではない。すべてにおいて粋を尽くして作られ、美しく仕上げられている。

決して華美ではない。しかし、まとう雰囲気が上品で、ハッと目を引く華やかさがあり、それでいてとても可愛らしい。これを着る女性は、きっと大勢の中にいても埋もれることなく目を引くだろう。

この着物だけでも至高の逸品なのに、ここにさらに神縫いを施さなければならないのだ。

（絶対に失敗できない。心してかからないと）

沙耶はひと針ひと針、今まで以上に集中して神縫いに取り組んだ。

生地の上に、神縫いの透明な糸による細やかな和刺繍が広がっていく。

どんな柄にするかは、いろいろ悩んだ末に四季を描くことに決めた。

春の桜に、夏のあさがおと鉄線花《てっせんか》、秋の紅葉と乱菊、冬の雪待ち椿。さらに源氏車や扇といった器物文様や、水流、霞《かすみ》といった自然文様も取り込んでいく。

自分の技術の限りを尽くして、着物に命を吹き込んでいった。けれど。

『でも、だれがきるんだろうね～。こんなすごいキモノ～』

コカゲが、いつもの止まり木台の上で羽根を震わせて糸を紡ぎ出しながら無邪気に放ったひと言に、沙耶の指の動きが止まった。

誰が着る着物なのだろう。女性ものなのだから、武琉が自分で着るはずがない。となると、誰か女性にあげるための着物なのだろう。

武琉は『とても大切な人に贈りたい』と言っていた。

（とても大切な人……）

それを考えると、胸の奥がぎゅっと詰まったように苦しくなるのだ。

なぜだろう。今までこんなふうになったことなんて一度もなかったのに。

この着物を武琉から贈られる人の存在が気になって仕方がない。その女性のことが、うらやましくてたまらないのだ。

沙耶は、頭の中にいっぱいになった考えを振り払うように頭を横に振る。

(これ以上、考えちゃダメ。武琉様にはお世話になりっぱなしなんだから。武琉様のためにも、この着物を完璧に仕上げなくちゃ)

それに、沙耶にはもうひとつ、こっそりと神縫いをしたいものがあった。

傍らに置いたソレを手に取り、そっと撫でる。

真っ白で細長く柔らかな木綿でできた包帯だった。そこに神縫いをして武琉に渡そうと考えている。

彼の左腕は一年前に受けた呪いのせいでほとんど動かない。その腕を守るには包帯に直接神縫いを施すのが一番だと思うのだ。

ただ、刺繍する柄をなににしようかとまだ迷っていた。

(彼の上着には鳳凰を縫ったのよね。包帯も鳳凰がいいかしら。それとも、なにか別の縁起のいい柄を……)

あれこれ考えを巡らせながら包帯を見つめていたら、廊下の外が騒がしいことに気づいた。

『どうしたんだろう？』

コカゲも物音に気づいたようで、羽ばたきをやめる。

「うん。行ってみよう」

沙耶が廊下につながる引き戸を開けて顔を出すと、ちょうど武琉と森羅が通りがかったところだった。

武琉は右腕を森羅の肩に回して、ぐったりと支えられるようにして歩いている。着物の胸元ははだけ、包帯を巻いた左腕が露わになっている。左腕に貼られた霊符が増えていたが、武琉の顔はつらそうに歪んでいた。さらに彼らの周りを数人の女中たちが心配した様子で付き従っている。

「どうされたんですかっ？」

ふたりのそばに駆け寄り声をかけると、森羅が弱ったような苦笑を見せる。

「ああ、沙耶ちゃん。武琉の部屋ってこっちでいいの？」

「は、はいっ。この奥です！」

武琉の部屋は沙耶の部屋からさらに奥に行ったところにある。沙耶が走って先に武琉の部屋へと行くと、すでに戸は開いていて中で女中がひとりで奥の襖《ふすま》から布団を運び出しているところだった。

それを一緒に手伝う。布団を敷き終わったところで、武琉たちも部屋に着いた。

森羅が布団に武琉を寝かせると、彼は呻き声をあげる。

「う、うがあああああ！」

左腕が敷布団に触れただけでも悶《もだ》えるほどに痛むようだ。武琉は左腕を抱くようにして必死に痛みに耐えていた。

「武琉様っ」

布団のそばに膝をつくが、彼に触れることすら憚《はばか》られた。武琉の額には玉の汗が浮かび、話すのも難しそうだ。

隣で森羅が事情を教えてくれた。

「神薙ぎ会のあと、急に痛みを訴えだしたんだ。会のあとの直来も欠席して急いで連れ帰ってきたんだけど、その間もどんどん痛みが強くなってきてるみたいで」

「お、お医者様には？」

森羅は、苦渋の表情を浮かべる。

「もちろん見せたさ。でも、呪いのせいだって言って、医者たちはだれもまともに近寄ってこなかった。どれだけ金を積まれても、命には代えられないってさ。呪いを抑え込む霊符を増やして、痛み止めも処方させて飲ませはしたけどあんまり効いてないみたいだね」

「そうなんですね……」

武琉の身体が冷えないように腰までそっと布団をかけてやりながら、沙耶は心配で瞳に涙が滲みそうになる。でも、今一番つらいのは武琉自身なのだ。泣いている場合じゃない。

「あとは本人の体力が、どれだけもつかだな。僕、なんとしてでも医者か術師を呼んでくる。もしかしたら、腕を切り落とさざるをえなくなるかもしれないけど」

「腕を……ですか……？」

ああ、と森羅は心痛な表情で頷く。

「一か八かだけどね。その場合、切り口から呪いが広がって周囲を汚染するかもしれないから、人払いをして結界を幾重にも重ねた中でやる必要がある。それでも、武琉の命を助けられるかどうか……」

「そんな……」

沙耶は言葉をなくした。武琉が今、生命の危機の淵《ふち》にいる事実を改めて突きつけられる。

「とにかく、僕、行ってくる。沙耶ちゃん、それまで武琉を頼んだよ。武琉を頼めるのは君しかいない。そばにいてやってくれないか」

森羅は沙耶の肩に手を置いたあと、「いや」と言い直した。

「怖ければ、無理にとは言わないけど」

沙耶は、ぶんぶんと首を横に振った。

「いえっ、おそばにいますっ。いさせてください！」

こんな状態の彼をひとりになんてできない。そばにいるなと言われても、無理にでもそばにいさせてくれと頼み込んだことだろう。

「そっか。ありがとね、沙耶ちゃん」

森羅は、初めて小さく笑みをこぼした。

「そんじゃ、行ってきます」

「よろしくお願いいたします」

沙耶が手をついて頭を下げると、森羅はひとつ頷いて足早に部屋から出ていった。

彼を見届けると、沙耶は改めて武琉に向き直る。

彼は依然として苦しそうに呻き声をあげていた。瞼は固く閉じられ、眉間に深く皺《しわ》が寄っている。今も激しい痛みに耐えているのだ。

『タケル、だいじょうぶ？』

コカゲが沙耶の肩に留まって、ぶんぶんと羽根を震わせた。風を起こして、少しでも彼の腕を冷やそうとしているのだろう。

女中が水を張った桶と布巾を持ってきてくれた。沙耶はその水に布巾を浸して固く絞ると、武琉の額や首筋に浮き出た汗を拭いていく。

医者でも術師でもない自分にできることなんて、なにもない。本当に言葉どおり、そばにいるしかできない。それでもそばを離れるつもりはなかった。

どれくらいの時間が経ったのだろう。夜は更けて、刻一刻と時間が過ぎていく。武琉の呻き声も少しずつ小さくなって、ついには聞こえなくなった。心配になるが、彼の胸はゆっくりと上下している。どうやら眠りに落ちたようだ。気を失ったのかもしれない。

依然として、彼の顔や首元には汗がどんどん噴き出している。肌に触れると明らかに熱を持っていた。熱を帯びた身体は呪いの侵食に抵抗しているかのようだ。特に肩に近くなるほど熱い。きっと左腕はもっと熱くなっているだろう。

沙耶はいてもたってもいられず、桶を持って立ち上がると廊下へと走った。

『サヤ？　どうしたの？』

後ろからコカゲが追いかけてくるが、沙耶はそのまま厨房《ちゅうぼう》まで行く。

すでに厨房の中は火が落とされて暗いが、勝手口の戸の隙間から差し込む月明かりで、なんとか朧《おぼろ》げに物の形が見えた。

沙耶は土間に降りると水瓶《みずがめ》のそばへ行き、柄杓《ひしゃく》を取って水を汲んだ。しかし、水瓶の中の水はすでにぬるくなっている。

(これじゃダメだ)

勝手口の戸を開けた。井戸まで駆け寄り、桶を縁において釣瓶縄《つるべなわ》を引く。鶴瓶を引き上げたら、桶に水を満たした。予想したとおり、井戸の水はひやりと冷たい。

それをすぐさま武琉の部屋に持っていく。布巾を冷水に浸してよく絞り、彼の腕にのせた。痛みだけでなく熱に苦しめられる彼を少しでも楽にしてあげたかった。

しかし布巾だけでは彼の腕を覆うには足りない。

どうしようと迷ったけれど、すぐさま沙耶は桶に自分の手のひらをつけた。

じんじんとするほどの冷たさが指を刺す。しかし、彼のつらさを思うと気にならなかった。

手のひらを充分に冷やしたら、自分の衣で軽く水を切って彼の左腕にそっと指をのせる。呪われた箇所に触れたのは初めてだった。

痛がらないのを確認してから手のひらで包み込むようにしてみた。そうやって、少しでも彼の腕を冷やしてあげたかった。

みながこの腕を、呪いが移るといって怖がる。

(もし本当に呪いが移るものならば、私に移ればいいのに)

そうすればその分だけ、少しでも武琉は楽になるだろう。

それで自分の身が朽ち果てたとしても、構わないとすら思えた。

「武琉様……どうか、よくなって……」

ひたすらに祈りながら、何度も自分の手を桶に戻すのを繰り返して彼の腕を冷やし続けた。

そんなとき、どこからか小さな声が耳を掠める。

『……タスケテ……ダレカ、タスケテ……』

沙耶は顔を上げると、コカゲを見た。

「コカゲちゃん、今、なにか言った？」

心配そうに沙耶の肩の上で見守っていたコカゲが、きょとんと首をかしげる。

『ボク？　なにもいってないけど？』

『……タスケテ……』

また同じ声だ。どこから聞こえたのだろう、と不思議に思ってきょろきょろと辺りを見回すが、ふいにあの声は外からではなく、自分の頭に響いていたような気がした。

なんだったんだろうと考えている沙耶に、コカゲが鋭く叫んだ。

『サヤ、タケルからはなれて！』

「え？　きゃぁぁぁ！」

武琉の左腕を巻いている包帯が、いつの間にか真っ黒に染まっていた。

まるで腕から血が染み出してきているかのような黒い染み。

沙耶が驚いて手を離そうとするが、なぜか手が吸いついたように離れない。その黒い染みは沙耶の腕を這い登り、沙耶の両手までも黒く染めていく。

『サヤ！』

コカゲが慌てて沙耶の肩から手の甲へと飛び下りた。小さな前脚で一生懸命、沙耶の指を武琉の腕から引きはがそうと必死に羽ばたく。

しかし、そのコカゲをも呪いが襲う。コカゲの真っ白だった身体も黒い染みに染まっていくのを見て沙耶は戦慄した。

コカゲちゃん……！と叫ぼうとしたが、声が出せない。黒い染みがついに沙耶の肩から喉へと達し、息ができずに沙耶は意識を失う。

もう一度、『……タスケテ……』と訴える、か細い声を聞いたのを最後に視界が暗転した。

——夢を見ていた。

夢だとわかったのは、沙耶の身体が人の形をしていなかったからだ。

一面に広がる広い花畑の中にいて、沙耶は馬のような細く長い脚をしていた。さらに体中を金色の長い毛が覆っている。

そばには、まだ若い藤の木が枝から垂れた薄紫色の花をそよそよと風に揺らしていた。

前にも一度見たことのある夢だと気づく。

なんだか、この場所がとても好きで、穏やかな気持ちになれた。

ずっとずっと、この安らかな時間が続くのだと疑いもしなかった。しかし、ひゅんという甲高い音で、安らかな時間が破られる。

見ると、そばに立つ藤の木の幹に一本の弓矢が刺さっていた。

弓矢が飛んできた方向に目をやると、甲冑《かっちゅう》を被り鎧を身に着けた男たちが大勢こちらにやってくるのが見えた。

男たちに踏みつけられて、花々は無残に散っていく。

沙耶はゆっくりと立ち上がる。視線は男たちの背丈よりも遥かに高い。

風のように駆けて男たちに肉薄した。

あれら侵略者どもから、この楽園を守らなければならないと強い憤りを感じる。

再び、視界が暗転する。

今度は真っ暗な闇の中にいた。身体が動かない。まるで、砂の中に埋められているかのようだ。息苦しい。

タスケテ。タスケテ。クルシイヨ。

助けを呼ぶが、応えるものはない。光もなく、花もなく、なにもない真っ暗闇に閉じ込められて、心が少しずつ削られていく。

どれだけの月日が経ったのだろう。わからない。

ようやく闇の中から出られたときには、自分が何者なのかすら自覚できなくなっていた。

「ほれ、お前が求めるものはあそこだ。かつて神と呼ばれた化け物よ」

誰かが言った。のっそりと立ち上がる。

金色だったはずの毛は、どす黒く闇のような色に変わっていた。

クルシイ。タスケテ。クルシクテタマラナイ。

せめてあの花畑に戻って、休みたい。

だけど、景色は様変わりしていた。

大好きだった花畑があったはずのところには、巨大な人間の街ができていた。蝶や鳥や獣たちが生を謳歌《おうか》していた花畑も、森も、小川も消えて、そこに人間たちが人間たちだけの楽園を作っていた。

奪われたのだ。永遠に。

消されたのだ。理不尽に。

壊されたのだ。完膚なきまでに。

「そうだ。だから、お前も壊せ。奪い返せ。そうすれば楽になれる」

声が言う。

取り返さなければならない。一歩一歩、街へと近づく。

街壁が見えてきた。人間たちが攻撃を仕掛けてくる。

うるさい。邪魔をするな。

クルシイ。

苦しさは止まらない。あの街を破壊しなければ。

そして、もう一度花畑を取り戻すんだ。

クルシイ。アタマガワレソウダ。クルシイ。

……タスケテ――。

『サヤ！　サヤ！　しっかりして！』

ペチペチと頬になにか柔らかなものが当たるのを感じて、沙耶はゆっくりと瞼を開けた。

胸元にいるコカゲが、心配そうに沙耶を覗き込んでいるのが見える。

どうやら、あのペチペチとした感触はコカゲが羽根で沙耶の頬を叩いていたようだ。

「……コカゲちゃん」

『サヤ!!』

うわーん、とコカゲが沙耶の頬に抱きつく。

『サヤまでおかしくなっちゃったかとおもったよぉぉ』

コカゲは涙をポロポロとこぼした。

どうやらいつの間にか意識を失っていたようだ。

サヤまでおかしくなっちゃったかと、と言われて、沙耶はハッと身体を起こす。

「そうだ！　武琉様！」

気を失う前、武琉の腕が真っ黒に染まっていたのを思い出した。

その黒い染みのようなものは沙耶の腕を飲み込み、コカゲさえをも黒く侵食しようとしていたはずだ。

しかし、今見るとコカゲは真っ白のまま。沙耶の腕も黒くはなっていない。

ただ、武琉の腕は包帯ごと黒く染まっていた。まるで墨を流したかのような黒さだ。

そのうえ、包帯自体もボロボロになって赤黒い爛れた皮膚が露わになっていた。貼ってあった霊符も鎖も粉々になっている。

依然として、彼の額には玉の汗が浮かび苦しそうにしていた。

『ノロイが、しみだしてきたんだ。ボクとサヤにもノロイがうつってきそうになったから、ボクがはらっておいた。でも、ノロイのモトになってるタケルのうではボクでもダメだった』

コカゲは、しゅんと羽根を下げる。

やはり、あれは夢ではなかったのだ。

「すぐに、包帯を替えなきゃ」

霊符や鎖は呪いを封じるものだと聞いてはいたが、替えは手元にない。

そのうち森羅が戻ってくるだろうから、そうしたら彼に相談しよう。

とにかく今は、赤黒くなった皮膚が布団に擦れて痛そうなので、包帯だけでもすぐに替えてあげたかった。

そういえば、自分の部屋に武琉のために神縫いしようと考えて用意していた木綿の包帯があったことを思い出す。

あれで武琉の包帯を替えよう。

「ちょっと包帯、取ってくるね」

『ボクもいくよ』

沙耶が自分の部屋に包帯を取りに戻るのに、コカゲもパタパタと飛んでついてくる。

廊下を小走りにしながら、気を失った間に見た光景が気になっていた。

(あの花畑……)

あれも、夢とは思えないような現実味のある景色だった。

風に揺れる藤の花が脳裏に浮かぶ。すくっと立つ若い藤の木が強く印象に残っていた。

(あの藤の木、どこかで……)

なぜだか、つい最近もどこかで目にした気がしたのだ。

(藤の花。藤の木。……もしかして！)

沙耶は自分の部屋に戻って包帯を手に取ると、障子を開け、縁側へと足を向けた。

包帯を胸元に入れて、両手で雨戸を押し開ける。外からは月の淡く静謐《せいひつ》な光が漏れ入ってくる。

沙耶は裸足のまま庭に降り立った。

自室のすぐそばに一本の大木が立っている。その真下へ行くと、太い幹に手を添えて大樹を見上げる。

『ずいぶんふるいキだね。なんびゃくねんもここにたってるんだろうね』

沙耶の頭の上にコカゲもちょこんとのって木を見上げているようだ。

「私、この木を知ってる」

すぐ真上に、幹につけられた傷が見つかった。大きくえぐられた古い傷。遥か昔に弓矢でつけられたものだ。

あの夢の中で見たのと同じ木なのだと直感していた。夢ではまだ若い木だったが、今は大きく枝を張り、たくさんの葉を茂らせている。

この屋敷に来てしばらくはまだ窓の外を見る余裕なんてなくて、春頃にこの木がどんなふうに花をつけていたのか覚えてはいない。

でも、たしかにこれは藤の木だ。何百年と生きてきた大樹に違いない。ここに根を張って、この地がどう移り変わってきたかを見てきたはずだ。

「ここが、あの花畑のあった場所なんだわ」

一面、見渡す限りの花畑だった。ここに金色の毛の生き物もいたのだ。ここの主だったのかもしれない。

だけど、悠久に思えた平穏は突如、人間たちが侵略してきたことによって終わりを迎えてしまう。

捕らえられたあの生き物は、花畑が帝都に変わるほどの長い間、どこかに閉じ込められていたようだった。

神と讃えられるほどの力を持っていたが、捕らえられ閉じ込められている間に闇に心を侵食されて廃神となってしまったようだ。

それを誰かが解放したのだろう。放たれた〝アレ〟は、かつて自分が住んでいた花畑を目指す。

けれどそこはすでに、たくさんの人間が住む帝都となっていた。皮肉にも、あの花畑があった場所に今建っているのは不知火家の屋敷なのだ。

街を破壊しようとするアレに対して、当然、人間たちも激しく抵抗した。その前線にいたのが、武琉だったのだ。

アレは、どれだけの憎しみ、どれほどの恨みを抱えていたのだろう。

しかし、武琉だって人々を守るために必死に戦ったに違いない。

沙耶は、包帯を握りしめるようにぎゅっと胸元を押さえた。

苦しかった。喉の奥が詰まったかのように息ができないほどのつらさが襲う。ままならない感情があふれ出そうになり、自然と双眸から涙がこぼれ落ちる。

(ごめんね……苦しかったよね、ごめんね……。でも、お願い。武琉様をこれ以上苦しめないで。武琉様は私たちを守ってくれたの。私にとっても、みんなにとっても大切な人なの)

人間たちのせいで廃神にまでなってしまったあの美しい生き物を思うと、申し訳なさでいっぱいになる。でも、その廃神の呪いを一身に受けて武琉は今も苦しんでいるのだから、やるせなくて仕方ない。

そのとき、コカゲが沙耶の頭の上でバタバタと羽根をばたつかせた。

『サヤ。このキがね、いってる。あのコのたましいをクルしみからときはなってあげよう、って。そのためならキョウリョクするって』

コカゲの意外な言葉に、沙耶は涙を指でぬぐってもう一度藤の木を見上げた。

「コカゲちゃん。木とお話ができるの？」

『ううん。フツウのキとはできないけど、ナンビャクネンもいきてるこのキにはコダマがやどってる。そのコダマがいうんだ。あのコをたすけてくれって』

コカゲと木霊《こだま》の言う『あの子』が、武琉を指すのか、それとも呪いの主と化した廃神のことなのかはわからない。もしくは、その両方かもしれない。

いずれにしても、武琉の腕を蝕《むしば》む呪いの主の魂を解き放たなければ、武琉は腕だけでなく命までも呪いに蝕まれてしまうだろう。

沙耶はどちらも助けたいと願っていた。

「うん。やってみる。コカゲちゃん。私はどうしたらいいの？」

自分がどこまでできるのかはわからない。だけど、少しでも武琉の力になりたかった。

『うん。あのね、ボクにかんがえがあるんだ。ボクのオシラサマのイトにコダマのチカラをまぜてみるの』

コカゲは沙耶の頭から飛び立つと、藤の木のてっぺんまで飛んでいった。

すると、藤の木がそれに合わせるように葉の茂った梢《こずえ》を揺らした。

しゃらりしゃらりと梢が揺れるたびに、月光に照らされてキラキラとしたものが舞い始める。まるで、雪の積もった梢が揺れて粉雪が舞い上がるように。

その中を、コカゲはひゅーんと飛び回る。

すると次第に、コカゲの真っ白だった身体がうっすらと紫色に色づいていく。

いつの間にか、藤の花の色を映し取ったかのような淡い紫色になっていた。

『サヤ、これでイトをつくるんだ！』

「うん。わかった！」

その頃には、沙耶もコカゲがなにをしようとしているのか気づいていた。

沙耶は包帯とコカゲを胸に抱いて、藤の木に深くお辞儀をする。

「ありがとうございます。精いっぱい、やってみます」

そう告げると、急いで自室へと戻った。縁側で軽く足をはたいて、部屋へと上がる。

自分の裁縫箱と止まり木台も小脇に抱えて、武琉の部屋へと戻った。

裁縫箱をそばに置いて武琉の容体を確かめる。彼の意識はまだ戻ってはいない。額の汗を濡らした布巾で拭いてあげると、沙耶は布団のそばに腰を下ろす。

包帯に縫い付ける神縫いの図案はもう決めていた。

藤の花だ。枝から垂れるたわわな花弁。

あの藤の木を思い、あの木にほころぶ花を思い浮かべて、針を取る。

それと、花畑も描こう。

かつてこの地に咲き誇っていた花々を包帯という小さな中に描こうとした。

『サヤ、いくよ！』

「うん」

止まり木台の上でコカゲが羽根を震わせ始めると、すぐにもわもわと神縫いの糸の素が生まれていく。その綿菓子のような糸の素は、いつもなら純白、糸に紡げば無色透明な糸になるのに、今回は違った。

紡ぎ出されていくのは、薄い藤色の糸だ。

それともうひとつ、不思議なことに気づいた。

縫いたい図案を頭に浮かべて包帯に指で触れるだけで、ひとりでに糸が包帯の上で動きだし、しゅるしゅると見事な藤の花を描き始めたのだ。

驚くが、コカゲの力だけでなく今回は何百年と生きてきた木霊の力まで借りているのだ。こんなこともあるかもしれないと思い直す。

あとは、沙耶の技術でそれを形にしていくだけだ。

針を使わなくて済むため、どんどん神縫いが進む。

運針を気にしなくてすむ分、沙耶は刺繍に祈りを込めた。

どうか、武琉がよくなりますように。

呪いから救われますように。

そしてこの呪いの主もまた、呪いから解放されて安らかな眠りにつけますように。

懸命に祈りながら包帯に刺繍を施していく。

閉じた雨戸から朝日が差し込む明け方には、包帯の刺繍は見事な出来栄えで仕上がった。

「でき、た……」

沙耶はすぐさま、武琉の左腕に巻かれている黒ずんだ包帯を取り除き、神縫いを施した包帯で巻き直した。

巻き終えた彼の左腕を、傷に触らないようにそっと掛布団の中にしまう。

ようやくほっとひと息ついたとき、どたどたと騒がしい足音が廊下から聞こえてきた。

「武琉!! 生きてる!?」

バンと戸を開けて入ってきたのは、森羅だった。その手に狩衣《かりぎぬ》姿の神官の腕を引っ張っている。どうやら、なかば無理やり連れてきたようだ。

「あ、森羅様」

沙耶もすぐに立ち上がると、部屋の入口へと彼を出迎えに行く。

森羅は、信じられないといった顔で沙耶をまじまじと見た。

「沙耶ちゃん。ずっとそばについててくれたのか!? あんなになった武琉のそばに？」

「は、はい……」

沙耶にとっては苦しんでいる武琉を放っておくなど到底できるわけがなかったが、森羅は沙耶がひと晩中付き添ったことにいたく感動したようで目を潤ませる。

「僕、医者やら神官やら、帝都中あたって回ったけど、神薙ぎ会での武琉の異変はもうあちこち知れ渡っててさ。みんなビビッて、誰も来てくんないの。それでなんとかいろいろ裏で手を回して、ようやくひとり、神官を連れてきたんだけど、沙耶ちゃんはずっとそばに付き添っててくれたなんて。……それで武琉の容体は？」

「はい。今は寝ていらっしゃいますが、まだずいぶん苦しそうで……」

「そっか。僕、夜も明けたしもう少し神官や医者集めに奔走してみるよ。武琉の容体も少しでも快方に向かえばいいんだけどな。でも、君がそばにいてくれて、本当によかった。僕からも礼を言わせて。どうも、本当にありがとう」

森羅は沙耶に優しい瞳で感謝を述べると、ずかずかと部屋の中に入って武琉の布団のそばまで大股で近寄った。

「おい！　武琉！　お前、ほんとに沙耶ちゃんに感謝しろよ！　みんな呪いにビビッて逃げ出すのに、沙耶ちゃんだけはずっとそばにいてくれたんだからさ！」

伏せった武琉に向かって、感極まったように大きな声をかける森羅。

その声に、応える声があった。

「……わかってるよ」

ハッとして、沙耶も布団のそばへと駆け寄る。

今は弱く小さな声だが、たしかに武琉の声が聞こえた。

布団のそばに膝をついて彼の顔を覗くと、先ほどまで固く閉じられていた瞼がゆっくりと開かれる。

ぼうっと天井を眺めていた赤い瞳が、傍らに座り込む沙耶に向けられる。

「沙耶……？」

「武琉、様っ」

武琉が意識を取り戻した。

彼の赤い瞳が沙耶を見ている。それだけのことだが、無性に嬉しかった。あのまま呪いに命をもっていかれて死んでしまうのではないかとずっと怖かったから。

じわりと滲んだ涙は、どんどんあふれて頬を伝う。

「沙耶、泣いてるのか？」

武琉が起き上がろうとするので、沙耶は慌てて彼を布団に押し留めた。

「あぁっ、まだ、横になっておいてください！」

「……これは？」

武琉が左腕に巻かれた新しい包帯に気づいた。沙耶は指で涙をぬぐって応える。

「差し出がましいと思ったのですが、武琉様の包帯が真っ黒になってボロボロに破れてしまったので、新しいものに交換いたしました」

自分の左腕を確かめるように右手で触れて、武琉はしみじみとした声で呟く。

「見事な神縫いだ」

武琉の左腕に巻かれた真っ白な包帯には、薄紫色の神糸で美しい藤の花と一面に広がる花畑が精緻に描かれていた。

「武琉様、お加減いかがですか？」

恐る恐る尋ねる沙耶に、森羅も言葉を重ねる。

「お前、神薙ぎ会でぶっ倒れたの、覚えてるか？　めちゃめちゃ腕痛そうにしてたけど。ついに呪いに命まで取られるんじゃないかって、僕、心配で心配で」

森羅にそこまで言われて、武琉はようやく昨日のことを思い出したようだった。

まじまじと自分の左腕を見つめる。

「そうだ。俺、腕がもげそうなほど痛くなって……森羅にここに担ぎ込まれて……。今までもときどき痛くなることはあったんだ。いつもなら放っておけば自然に痛みは落ち着いたんだが、昨日はどんどん痛みが増して……というか、そうか。あれからもうひと晩経ったのか。でももう、痛くないな。ほとんど痛みがない」

武琉は不思議そうに自分の腕を眺めたあと、ふっと笑みをこぼした。

「そうか。沙耶の神縫いのおかげか。沙耶の力が呪いを抑え込んでくれたんだな」

『ううん。ちがうよ。サヤはむりやりおさえこんだんじゃないの。フジのキのチカラをかりて、ノロイのヌシのかなしみをいやしてあげてるの』

だから沙耶はすごいんだぞ、と言わんばかりにコカゲは武琉の目の前でふんと胸を張る。

その様子が可愛らしくて、沙耶の顔にも武琉と森羅の顔にも笑みが広がる。と、そのとき。

武琉が身体を起こすと、沙耶の身体を右腕で抱き寄せた。

「え、えっ!?」

突然の出来事に、沙耶はなにが起こったのかわからず目を白黒させるが、少し遅れて彼の胸元に抱きしめられていることに思い当たり、体中が熱くなるのを感じる。

「こうされるのは、嫌か？」

すぐ真上から彼の声が降ってくる。それほど、彼の顔がすぐ間近にあった。

「い、いえっ、そんなことは、あ、えと」

心臓が口から飛び出してしまうんじゃないかと心配になるほど、ドキドキと鼓動が早く強くなる。どうか武琉に聞こえないでと、心の中で祈った。

後ろでこっそり、森羅がコカゲと神官を「さ、僕たちは邪魔者だから、あっちの部屋で酒盛りでもしてようよ」と引き連れて出ていった。

ふたりっきりになって、さらに心臓は早鐘のように早くなる。

耳朶に彼の言葉が聞こえる。いつもより心なしか、声が甘い。

「ありがとう。沙耶。お前がいなかったら、俺は今頃どうなっていたかわからない。お前は俺の命の恩人だ。これからも、俺のそばにいてくれ。俺から離れるな」

それは願ってもない言葉だった。ずっと彼のそばにいたいとどれだけ願ったかわからない。今まで感じたことがないほどの嬉しさに包まれる反面。

（でも、それでいいのですか？　私はお邪魔ではないですか？）

ちくりと、あの下賜品の着物が頭の片隅にちらつく。

あの着物は武琉の大切な人に贈るためのものだと彼は言っていた。

振袖という形と、若い人向けの柄。どう考えても、若い女性に贈るためのものだ。

きっととても高貴なお嬢様に送るものに違いない。

それなのに、自分みたいな下賤《げせん》な者がそばにいては彼の未来に差し障るのではないかとすら思えてくる。

それが喉の奥から出かかったが、彼の赤い瞳は真摯に沙耶を見つめていた。

（神様、お願いします。今だけは、彼のそばにいられる幸せに浸ることをお許しくだ

さい。私がお邪魔になるときが来れば、身を引きますから)

心の中で自分を戒めてから、沙耶は彼を見上げて、こくりと小さく頷いた。

武琉の顔に、嬉しそうにはにかむ笑みが灯る。

「ありがとう、沙耶」

額にそっと柔らかな口づけの感触を覚える。身も心も溶けてしまいそうな心地で、いつまでもずっとこの瞬間が続けばいいのに、と願わずにはいられなかった。

第四章　君を守りたい

「な、なぜこんな安い値つけなんだ？」

伊縫家の応接室のソファで、狢屋の八尾から渡された値付け伝票を片手に伊縫泰成は頭を抱えた。

このところ、伊縫家の作り出す神縫いの衣の値段が暴落していた。

安い値をつけてくるのは狢屋だけではない。どこの卸問屋からも同様の対応を受けているのだ。

今までなら、どんな衣であっても神縫いさえされていれば破格の値段で買い取ってもらえていたというのに、ここ数カ月のうちにどんどん値が下がってきてついに十分の一ほどになった。神憑き家からの受注もめっきり減っている。

隣に座る留袖姿の艶子が泰成の手から伝票を受け取り、それをざっと読んで目を吊り上げた。

「ど、どういうことですの!?　こんな価格でお売りするわけにはまいりませんわ！」

しかし、向かいに座る八尾は少しも動じない。細い目をさらに細くして、ふたりを見やる。

「それでしたら、お売りいただかなくて結構ですが？　でもそれじゃ、困るんでしょう？　伊縫さんの懐具合がかなり厳しいというお噂も耳にしてますが」

冷たく言われて、艶子はうっと言葉を詰まらせる。たしかに、八尾の言うとおり伊縫家の家計は火の車だった。

もともと艶子と娘の瑠璃子の浪費癖にはひどいものがあった。

高価なドレスや着物を買いあさり、夜会に明け暮れる日々。それもこれも、瑠璃子の作り出す神縫いの衣が途方もない値段で飛ぶように売れてきたからだ。

しかし、こんなに安く買いたたかれるようになっては、浪費を尽くした生活は維持できない。不動産を売り払い、女工を何人も解雇し、家業のための大切な機織り機まで いくつも手放してきたが、それでも借金は膨らむばかりだ。

それもこれも、伊縫家が作り出す神縫いの衣よりも遥かに良質なものが出回るようになったからだった。

「あの偽物のせいよっ。そうだわ！　私たちの神縫いは由緒正しい神憑き家である伊縫家のものなのに、みんなあの偽物に目がくらんでこんなことになってるんだわっ」

艶子は悔しそうに着物の袖を噛む。

「偽物、ですか。それでしたら、ご自分たちの目で偽物とやらの品質を確かめてみたらいかがですか？　ちょうど今、お預かりしてきたものを持っておりますので」

八尾は傍らに置いた革カバンを開けて、中から手のひらほどの大きさで正方形をしている薄い桐箱を取り出しテーブルの上に置いた。

泰成と艶子は互いに目配せしてから、艶子がおそるおそる桐箱を手に取る。

かぱっと開けた中に入っていたのは、一枚の絹のハンカチだった。艶やかで真っ白な上質の絹。艶子がハンカチを手に取り、窓から差し込む陽の光にかざすと、見事までに精緻で美しい刺繍が浮かび上がる。

先ほどまで偽物と声を荒げていた艶子ですら、思わずため息を漏らすほどの美しさだった。艶子からハンカチを渡された泰成も、同じようにかざしてその技術の高さに思わず唸る。

そこに、八尾が畳みかけた。

「刺繍の素晴らしさもさることながら、神縫いとしての効果も非常に素晴らしい逸品です。この前、こちらの神縫いが施された肩掛けを身に着けていらしたご令嬢が不運にも火事に見舞われるという事件がございました。しかしながら、丸焼けになった屋敷の中に取り残されていたお嬢様は、傷ひとつなくピンピンしてらっしゃったとかで、親御様たちのお喜びようといったら、そりゃもう。お嬢様がおっしゃるには、透明な真綿で優しく包まれるかのように守られて、炎だけでなく煙すら近寄ることはなかったとか」

「そんな……」

泰成と艶子は呻くような声を漏らす。

瑠璃子の作る神縫いではそうはいかない。せいぜいが、多少火の粉を払う程度だろう。

伊縫家ではかねてより神縫いの使い手たちを多く輩出してきたが、その中でも伝説級の強い力と類まれなる技能を有していたと伝わっているのは初代当主だ。その人は神から直々に力を受け継ぎ、伊縫家の祖になったと言われている。

初代ほどの才能があれば、八尾が言うような素晴らしい効果を持つ神縫いができたやもしれぬが、残念なことに伊縫家では代を重ねるごとに異能の力が弱まる傾向にあった。瑠璃子にいたっては、かろうじて神縫いと呼べる程度のものができるに過ぎない。

そのうえ、このハンカチは刺繍の精緻さ、巧みさ、美しさも格別だ。伊縫家では、刺繍の出来栄え、神縫いの効果、どちらをとっても遠く及ばない。

「不知火家が神縫いの使い手を囲っているという噂を耳にしたことがある。うちの分家の者が、私たちに内緒で才ある者を隠し育てて不知火家に売ったんじゃないのか!?　猪屋、教えてくれ!」

泰成がハンカチを手にしたまま八尾に迫るが、八尾は泰成の手からすっとハンカチを抜き取ると大事そうに桐箱に仕舞って、けんもほろろに突っぱねる。

「お客様の情報は守秘義務ですので、お教えはできかねますね」

「そんな……こんなのが市場に出回ったら、うちのものなんて見向きもされないぞ」

泰成はソファに力なく腰を落として、再び頭を抱えた。

艶子は八尾をキッと睨んだあと、着物の裾を翻して応接室を去る。そしてそのままバタバタと早足に瑠璃子の部屋へと向かった。

瑠璃子の部屋まで来ると、部屋の戸をどんどんと叩く。

「瑠璃子さん。体調はどう？　そろそろ引きこもってないで、出ていらっしゃいな」

戸越しに優しく尋ねる艶子。

一方、戸の内側で瑠璃子は母の呼びかけを無視し、ベッドの中に布団をかぶってうずくまっていた。ここ数日、布団の中にこもりっきりになっている。

（なんで……。なんで、いないの。御白様……）

それまでずっと肩の上にあった御白様の繭が、数日前に神縫いをしている最中に突然消えてしまったのだ。これでは技量云々《うんぬん》の前に、神縫いすらできない。

いや、御白様が消える兆候ならずっと前からあった。神縫いのための糸を紡げば紡ぐほど御白様はくるくる回って小さくなっていっていることには気づいていた。

それがとうとう極限まで小さくなって、ぱっと消えてしまったのだ。

（神縫いのための糸を、使い切ってしまったというの？　神縫いができなくなったら、私にはなにがあるの？）

神縫いの力がなくなってしまえば、他の女工と変わらないではないか。

瑠璃子より高い技術を持つ女工などたくさんいる。妹の沙耶もそうだった。あの子の刺繍や針子としての腕前は女工の中でも群を抜いていた。

もし今も沙耶が伊縫家に残っていたら、神縫いの力をなくして針子としても二流以下の瑠璃子と、見事な腕前を持つ沙耶とでは立場が逆転することさえありえたのだ。

幸い、早くからそれを危ぶんでいた艶子の提案により、ふたりで共謀して沙耶は伊縫家から追い出してしまった。とっくにどこへとも知れない身となっている。

なんとか姉妹の立場が逆転するという悲劇だけは避けられたが、だからといって御白様の力が戻ってくるわけでもない。

どうしていいかわからない不安と困惑で、瑠璃子は頭がいっぱいになっていた。

瑠璃子の御白様がいなくなったことは、もちろん艶子も泰成も知っている。このままでは伊縫家がどうなってしまうかわからない。怖くて、がたがたと身体が震えた。

その震えを両手でかき抱くと、今度は歯の根まで震えてくる。

戸の向こうから聞こえる母の呼びかけは、まだ続いていた。

「瑠璃子さん。よくお聞きなさい。不知火家が、すばらしい神縫いの使い手を囲っているらしいの。品物を見せてもらったけれど、たしかに本物の神縫いだったわ。刺繍の技量も、神縫いとしての効果も信じられないほど素晴らしいものだったの」

瑠璃子も、数カ月ほど前から伊縫家のものではない神縫いの小物が出回っているのは知っていた。

どこの誰だかわからない、神縫いの名手。神憑き五家のどこかの家が囲っていると いう話も耳にしたが、それが序列一位の不知火家となるとますます太刀打ちできないのではないか。

しかし、このところ伊縫家の売り上げが下降の一途で始終不機嫌に喚き散らしている艶子が、今日は珍しく楽しそうな響きを孕《はら》む声で瑠璃子に語りかけてくる。

「私ね、いい考えを思いついたの。瑠璃子さん。その神縫いの使い手を探し出して、伊縫家に迎えましょうよ。そして、この家のために神縫いをさせるの。もし拒んでも、無理やり攫《さら》ってくればいいわ。閉じ込めて、名声を横取りすればいいのよ。あの素晴らしい神縫いも、実は瑠璃子がやっていたと公表すれば伊縫家も安泰。可愛い瑠璃子はさらなる名声を手に入れられるわよ」

物騒な提案だったが、瑠璃子には光明に思えた。がばっとベッドから起き上がって戸越しに母に言葉を返す。

「ほんと？　お母様。そんなことができるの？」

艶子は、フフフと楽しそうに嗤《わら》った。

「ええ、もちろんですとも。お父様とお母様を信じなさい。可愛い可愛い瑠璃子のためですもの。どんな手を使ってでも攫ってくるわ」

自信ありげな艶子の様子に、瑠璃子もいつもの元気を取り戻す。

「そうよね。御白様を奪ってくるだけでもいいわ。そうすればまた神縫いができるもの」

「うまくいけば、これからも楽しく暮らせるわね」

「ええ、お母様。もちろんですわ」

ふたりの嗤い合う声が伊縫家の屋敷に暗く不気味にこだましていた。

◇　◇　◇

暑さの厳しい日が続く。

いつものように自室でせっせと神縫いに励んでいた沙耶は、ふぅと顔を上げた。

障子と縁側の硝子窓も開けてしまえば多少なりとも風は通り抜けるのだが、それでもずっと部屋にこもって作業をしていると額に汗が滲んでくる。

窓辺に吊るした風鈴が、風に吹かれてチリンチリンと涼しげな音色を響かせていた。

沙耶は再び手元の着物に視線を落とす。武琉に頼まれた下賜品の着物だ。その表面には美しい刺繍が順調に施されつつあった。

（もう少し頑張ろう。ここの辺りの刺繍をもっと細やかにして、仕上がりをより美し

くしたいな。ここらへんには絵柄を足して）

全体像を思い浮かべながら心を込めて丁寧に刺繍針を動かしていく。

ふいに、ガラッと部屋の戸が開く音がしたので、顔を上げてそちらに目を向けると、涼やかな黒い絣《かすり》模様の浴衣を着た武琉が立っていた。右腕に抱えるようにしてまな板に包丁、それに緑の丸いものを持っている。どうやら、足で部屋の引き戸を開けたらしい。

「武琉様？」

先ほどまで庭で鍛錬に励んでいた姿を遠目に見た記憶があるが、はて、どうしたのだろう？と小首をかしげると、武琉はニッと笑った。普段は少し怖そうな雰囲気を漂わせているのに、不意打ちのようにときどきこういう少年のような表情する。

沙耶はきゅんと胸の奥が苦しくなってしまう。

そんな自分の気持ちをどう収めていいのかわからず戸惑う沙耶を知ってか知らずか、武琉は緑に細かな網目模様のついた玉のようなものを差し出した。

「沙耶、甜瓜《メロン》を食ったことあるか？」

「甜瓜、ですか？」

ふるふると首を横に振る。

「そっか。なら、食うといい。昨日、土御門家の天乃が山ほど持ってきたんだ。俺の快気祝いと、前に沙耶に縫ってもらった薄絹の領巾の神縫いが見事だったと言って、その礼だそうだ」

「天乃様、ですか？」

普段、武琉の衣服以外については誰から依頼されたものなのかは意識せずに神縫いをしているが、薄絹の領巾なら一度しか神縫いをした記憶がないのでよく覚えている。

長方形の長い絹布《けんぷ》でできていて、とても薄くて軽く柔らかいものだ。肩にかけてちょっとした寒さなどを防ぐのに使うらしい。

たしか、蓮《はす》の花の神縫いをしたのを思い出す。

武琉は沙耶に、持っていた甜瓜とやらを手渡した。

抱えるようにして手に持つと、ひんやりとした冷たさが手のひらに伝わってくる。

暑さの中にあって、その冷たさは清涼な爽やかさをもたらしてくれる。

「井戸でひと晩冷やしてたんだ。うちの井戸は帝都のどこよりも深いからな。暑さもそこまでは届かない」

武琉は再び甜瓜を受け取ると、縁側まで歩いていった。

暑さを逃がすために硝子窓を開けてあった縁の淵に腰を下ろしたので、沙耶も手にしていた仕掛け途中の着物を置いて彼のそばに行く。

コカゲも、『なんか、あまいにおいする！』とパタパタと飛んで興味深そうに甜瓜の周りを飛んでいる。

武琉はまな板に甜瓜を置くと、包丁でざくっと両断した。外の皮は緑色なのに、中は夕日のようなだいだい色の果肉が詰まっていて、じゅわっと甘い香りのする果汁が染み出している。

武琉は中心に詰まっていた白い種を器用に包丁の角でこそげ取ると、甜瓜をさらに小さく切った。

「ほら、食え」

武琉の向かいに腰を下ろした沙耶に、武琉がひと切れを渡してくれる。

「お前には、こっちな」

沙耶の肩に留まったコカゲには、コカゲがぎりぎり持てるくらいの小さな欠片を渡した。

『ボクにもあるの？　うわーい！　やった、やった！』

コカゲは欠片を前脚で器用に掴んで羽根をぱたぱたさせて喜ぶ。はむっと大きな口で噛みつくと、嬉しそうに身体を大きく揺らした。

『あま〜い。こんなにあまいのたべたのはじめて！』

もっともっとと武琉にせがむので、武琉は「ハハハ、お前もうまいものはわかるんだな」と機嫌よさそうにもうひと切れコカゲのために切ってまな板の上に置いてやる。

コカゲはすぐに飛びつき、嬉しそうにむしゃむしゃと夢中で食べ始めた。

沙耶も手にした甜瓜をじっと見つめると、真ん中にかぶりつく。とたんに口の中へ、じゅわっと濃厚な甘さの果汁が広がる。果肉も柔らかく、まるで口の中で溶けていくかのようだ。

目をぱちくりさせて武琉を見つめると、彼はニッと嬉しそうに笑む。

「どうだ、うまいか？」

こくこくと沙耶は頷いた。

「こんなに甘い果物、初めて食べました」

「そうだろう。土御門の皇家献上専用農場で採れたやつだからな。市場にも出回らない極上品だ。土の神からの加護をふんだんに浴びてできたやつだから、甘さも格別なんだよ」

武琉もひと切れ手に取って、豪快にかぶりつく。

「そんなにすごいものを、私がいただいていいのですか？」

「天乃がいいっていうんだから、いいんだろう。お前が縫った神縫いに、いたく感激してたよ。神の加護の強さもさることながら、精緻で美しい刺繍が本当に見事だと言ってな。ほら、お前にって持ってきてくれたんだから、好きなだけ食え」

「は、はいっ」

沙耶もふた口、三口と食べる。濃厚な甘さだが、後味がすっきりしていてどんどん食べたくなる。

縁側の近くには大きな木が何本も立っていて木陰になっているので、日中であってもさほど暑くはない。

ふたりで美味しいものを食べるのは、なんとも嬉しい。

じんと心の芯に染み入るような幸せな気持ちと口の中を満たす甘さに思わず顔をほころばせると、こちらを見ていた武琉と目が合う。

彼の赤い瞳が沙耶をじっと見つめていた。

数秒目が合ったあと、なんとなく気恥ずかしくなってどちらからともなく視線を外した。

恥ずかしさをごまかそうと、沙耶は彼に尋ねる。

「お加減はいかがですか？」

「ああ、もうすっかりいい。むしろ、前より痛みもずいぶん少なくなったし、調子がいいくらいだ」

武琉は浴衣の左袖をまくってみせた。

あの日から、武琉は沙耶の前ではこうして左腕をさらすのを臆さなくなった。

沙耶が神縫いした包帯は黒ずみもせず、彼の呪われた腕を包んでいる。今のところ霊符などは必要ないようだ。

武琉は、包帯の上からそっと左腕を撫でてしみじみと言う。

「お前の神縫いは、本当にすごいな。霊符や術が必要だったときは、腕の中で無理やり抑え込まれた呪いが暴れそうになるのを感じていたが、沙耶の包帯を巻いてからそういうことがピタリとなくなった。抑え込んでいるんじゃなくて、うまく昇華させていってくれているような、そんな感覚すらある」

「私の神縫いがお役に立てるなら、これ以上に嬉しいことはありません」

沙耶は部屋の外にすくっと立つ大樹を見上げた。

今も、縁側に木陰をもたらしてくれている藤の大樹。野生に近い形で枝葉を伸ばすこの藤は、庭園などにある藤棚の藤とは違い、上へ上へと枝を伸ばしている。きっと、春になれば見事な藤の花をその枝に咲かせるのだろう。

「その神縫いは普通の神縫いではありません。この木の力を借りました」

「藤の木の？」

武琉は怪訝そうにしている。沙耶はくすりと微笑むと、あの晩の出来事を武琉に話した。

痛みに苦しむ武琉の腕に触れたら、『タスケテ』という声とともに、黒い染みが左腕から漏れ出してきて沙耶を捕らえたこと。

そして気を失っている間に、不思議な花畑の夢を見たこと。

その花畑に、この藤の木が立っていて、そばには主のような金色の毛を持つ大きな生き物がいたこと。

その生き物が捕らえられ、長い間封じられたあとに帝都を襲い、武琉に討たれたことまで、夢で見た内容をすべて話した。

「目が覚めたあと、あの花畑に立っていたのがこの藤の木だと気づいたんです。それで、ここへ来てみたらコカゲちゃんがこの木とお話ししてくれて。『あの子の魂を苦しみから救ってほしい』と頼まれました。その包帯の糸は、コカゲちゃんがこの木の木霊から力を借りて紡いだものです」

沙耶の話を神妙な面持ちで黙って聞いていた武琉は、話が終わると小さく唸った。

「……そうか。そんなことがあったのか。金色の毛を持つ生き物、か……。神に等しい力を持つ、ここらの主だったのだろうな」

ゆっくりと藤の木を見上げた。

「この木は、この屋敷が立つ前からここにあったそうだ。おそらく、帝都ができる前からここに立ち、俺たち人間の所業を見続けてきたのだろう」

悠久の時に思いを馳せる。それと同時に、この地に住んでいたのであろう神とも言える力を持った金色の生き物を思うと心が痛んだ。

「その主から人間は土地を奪ったのか。今では立場がまったく逆になってしまったな。でもだからといって、俺は帝都を守らないわけにはいかないが。ここで生まれて代を重ねた人間たちにとって、ここは生活の場であり故郷だ。魑魅魍魎たちに襲わせるわけにはいかない」

武琉の言葉には、堅い覚悟が滲んでいた。

その強い信念と高潔さに、沙耶は尊敬の念すら抱いている。

「武琉様は、本当にすごいお方ですね」

心からの言葉で武琉を讃えると、彼はどこか眩しそうな瞳で沙耶を見つめた。

「お前にそう言ってもらえるのは、素直に嬉しいな」

ハハハと笑ったあと、彼はすっと表情を引き締める。

どうしたんだろう？と怪訝に感じる沙耶に、彼は急に正座をして居住まいを正した。

「ひとつ、確認したいことがある。お前、幼い頃、……そうだな、十年くらい前だったか。帝都の大通りで道に迷った覚えはないか？」

すぐに、頭の中に古い記憶がよみがえる。

トクン、と心臓が小さく鳴った。

伊縫家にいた頃、虐待されたつらさを耐え忍ぶために何度も思い出しては心を温めてきた大事な記憶だ。忘れるはずがない。

大通りで道に迷い、怖くて不安で泣きそうだったときに唯一、助けてくれた少年がいた。

目的地まで連れていってくれた大きな手と、逞しい背中……そして、赤い瞳をした少年の顔が、目の前の武琉の姿と重なる。

武琉は、伏し目がちにとつとつと語る。

「あのときの少女に礼をしたいと、ずっと思っていた。当時、俺は自分の使命も家のことも、稽古すらもなにもかも嫌になって自暴自棄になっていたんだ。みんな自分の好きなように生きているのに、なんで俺だけ不知火家の使命を背負って生きなきゃならないんだ、って。だけど、その子が『ありがとう』って言ってくれたのが忘れられなくて」

沙耶の目にじわりと涙が滲む。

今までも追憶の中にある少年の面影と、武琉の姿が重なることはしばしばあった。

でも、あの少年も目の前の武琉も自分にとって大切な人だから、つい結びつけてしまうのだと内心申し訳なく感じていた。

でも、勘違いなんかじゃなかったのだ。

武琉のまっすぐな瞳が、沙耶を映す。

「あの子がこの帝都で生きているのなら、あの子を守るために帝都防衛の役割を担うのも悪くないって。……そう思えるようになったんだ。今の俺があるのは、彼女のおかげだ」

沙耶の手を、武琉が優しく包み込むように握る。彼の手は大きく、あのときと同じように温かかった。

「もし勘違いだったら許してくれ。その子は去り際、『サヤ』と名を教えてくれた。沙耶は昔、俺に会ったことがなかったか？」

沙耶は喉の奥に詰まってなかなか出ない言葉を絞り出すようにして、かすれた声で応えた。

「は、はい。私も……ずっと会いたいと願っていた方がおりました。幼い頃、道に迷ったあげく盗まれかけた荷物を取り返してくださり、私の手を引いて目的地まで連れていってくださった方です。私にとっては、なによりも大事な思い出です。つらいとき、死にたくなったとき、その記憶を唯一のよすがにして生きてきました。でも、名前を聞き忘れてしまって。もう二度とお会いすることはないと諦めていました」

込み上げる感情でうまく表情が作れず、ぎこちなく彼に微笑みかける。頬を、つぅとひと筋涙が伝った。

「やっと、お会いできました。武琉様」

「沙耶……」

武琉も感極まったのか、くしゃっと顔を歪めると右腕で沙耶の身体を抱きしめた。

沙耶も、おそるおそる彼の背中に手を回す。

「これからも、ずっとそばにいてくれ。頼む」

彼の言葉に、小さく頷く。

「はい。武琉様がお望みになられる限り、ずっと」

武琉がぎゅっと沙耶をいっそう強く抱きしめたため、沙耶は少し苦しくて「ふぅ」と小さく声を漏らす。武琉は慌てて沙耶から手を離した。

「す、すまない。つい、嬉しすぎて」

申し訳なさそうに頭をかく武琉に、沙耶はくすりと笑みをこぼす。

「いえ、大丈夫です。私も、嬉しくて」

互いに見つめ、もう一度笑い合った。泣きたいくらい、幸せなひとときだった。

「とりあえず、冷たいうちに甜瓜食え」

「そうですね。いただきます」

武琉が切り分けてくれた甜瓜を受け取り、はむっと頬張る。

コカゲはお腹がいっぱいになったようで、皮だけになった甜瓜の切れ端をゆりかごにしてすやすやと寝入り始めていた。

縁側に座るふたりの上に、藤の木が木陰を作る。こんな穏やかで幸せな時間がずっと続けばいいのに、と祈らずにはいられなかった。

◇◇◇

「くそっ。忌々しい」

老爺は手にした刀で、部屋の障子を力任せに袈裟《けさ》切りにした。身にまとう水色の羽織に濃紺の袴は最高級のものだ。刀を振り回すたびに、後ろに流した長い白髪が乱れる。

二度三度と斬りつけると、障子枠が完全に壊れてそこから庭が見渡せた。丁寧に剪《せん》定《てい》された和庭園だ。

障子を切り倒してもむしゃくしゃは収まらず、老爺は部屋に置かれている舶来物の高価なソファを斬りつけ、飾られていた染付の大皿を張り倒す。

還暦をとうに超えているとは思えない暴れようだった。

屋敷の使用人たちは、当主の暴れっぷりにすっかり怖じ気づいて部屋の外からおろおろと見守るばかり。そこに中年の侍従頭がやってくると、意を決した表情で部屋に飛び込み主人に訴える。

「御館様、どうかお気をお鎮めになられてください。このままでは屋敷が壊れてしまいます」

この屋敷の主人、水ト部源道はぎろりと侍従頭を睨みつけた。

「うるさい。ワシに意見する気か？」

「め、めっそうもございませんっ」

刀を持ったまま迫る源道は、そのまま侍従頭まで切り倒さん勢いだった。

侍従頭は怯えきって廊下まで転がるように逃げていく。

後追いはせず、ふん、と源道は鼻を鳴らした。

「この程度のもの、あとでいくらでも買い足せばよい。術を使っておらんのだから、屋敷が壊れたりするものか。それより、忌々しいのはあの不知火の若造だ」

どれだけ八つ当たりしたところで意味がないことくらい源道自身よくわかっていた。

「不知火め……。水ト部家に代々封じられておった神代の化け物まで蘇らせてぶつけてやったというのに、いまだにしぶとく生き残っておるのはどういうわけだ」

神憑き家の中で序列一位の不知火家は、序列二位の水ト部家にとって長年の宿敵だ。

不知火家の前当主と水ト部源道は犬猿の仲として知られ、なにかにつけて対立し合っていた。その不知火家の前当主が魑魅魍魎との戦いの中で死んだときには、ようやく水ト部家の時代がやってきたと喜んだものだ。

しかし、いまだ不知火家の序列一位は揺らいではいない。若くして不知火家を継いだ息子の武琉は、前当主であった父親を上回る武力を誇り、むしろ不知火家の名声は高まるばかりだった。

そのため、源道は一計を案じた。

水卜部家に代々封じられていた、遥か古から生きているとされる呪われし神獣を復活させ、帝都を襲わせたのだ。

それすらも武琉によって討たれてしまったが、神獣の呪いは武琉に宿り、武琉を呪い殺さんとしていた。

あとは呪いによって蝕まれ、死ぬのを待つだけだと源道は密かにほくそ笑んでいた。

武琉が死んでしまえば、跡取りのいない不知火家は終わりのはずだ。自動的に水卜部家が序列一位に繰り上がる。

果報は寝て待てと、源道は武琉がいなくなるのを心待ちにしていた。

先日の神薙ぎ会の際、目の前で武琉が倒れたのを見たときは、いよいよかと期待を強くした。念のために水卜部家から圧力をかけて、腕の立つ医者どもも、封印に長けた術者連中にも不知火家には関わらないよう仕向けておいた。やつらも今後、どちらに組したほうが得か損得のソロバンをはじいて水卜部家についたのだと思っていた。

しかし、どういうことだ。あのまま呪いに食い殺されるだけだったはずの武琉が、数日後にはなぜかぴんぴんして人前に現れたではないか。

あれを見たときの、源道の衝撃といったらなかった。

あれ以降、武琉にかけられた呪いはむしろ弱まっているように見える。魑魅魍魎との前線での戦いぶりを見ても、火力も武力も今まで以上に高まっているとすら思えた。

「くそっ、不知火め！　親子揃ってどこまでワシを愚弄するのだ！」

源道は刀を床に叩きつけると、自分で切り裂いたソファに忌々しげに腰を下ろす。

「酒だ。酒を持ってまいれ！」

「は、はいっ、ただいまっ」

部屋の外で怯える侍従たちに声を荒げると、どたどたと酒を取りに行く足音がいくつか去っていく。

それと入れ違いに、ひとりの女中が進み寄ってきて震えた声で話しかけてきた。

「お、御館様。お客様が、いらしてるのですが……」

「客だと？　誰だ」

「伊縫家の泰成様と瑠璃子様と、うかがっております」

伊縫家といえば、神憑き家の末席に辛うじてひっかかっている低順位の家だ。序列二位の水卜部家当主である源道にとっては、取るに足らない相手だった。

「呼んだ覚えはない。とっとと帰らせろ」

客などに会う気分ではなかった。しかし、女中はなおも続ける。

「それが、なんでも不知火家の件で、お耳に入れたい話があるとかで」

「不知火家だと？」

どうせ大した内容ではないだろうが、不知火家の件だと言われれば無視するわけにもいかない。

「奥の座敷へ通せ」

水卜部はソファから立ち上がると、客に会うために座敷へと向かった。

◇◇◇

ようやく暑さが収まり始めた時分に降り始めた雨は長雨となって、しとしとと帝都を濡らしていた。

もう十日に渡って雨は降り続いている。

朝から武琉は不知火家の当主として、政の会合に出かけていた。屋敷の中は、いつにもましてしんと静まり返っている。

雨戸の外からは、雨だれの音が続く。

柱にかけた掛け時計が振り子を揺らす音が静かな室内にやけに響いて聞こえた。今はまだ朝の十時だが、雨戸を締め切っているので室内は薄暗い。

そんな中、沙耶は今日も自室で作業に勤しんでいた。

部屋の真ん中に置いた衣桁に掲げた着物の周りを、手提げ行燈の光を掲げながらぐるぐる回りつつ出来栄えを子細に確認する。武琉から頼まれていた下賜品の振袖の神縫いがようやくできあがったのだ。

『すごい、きれい！』

コカゲも着物の周りを飛んで、絶賛していた。

行燈に照らされて、その表面に描かれた神縫いの和刺繍が浮かび上がる。

息を呑むほどに見事な刺繍が全面にわたって施されていた。その美しさと精緻さは、帝国美術館に飾られている絵画にすら引けを取らないものだった。

「うん。やっとできた」

これなら武琉に渡しても恥ずかしくないと満足する出来栄えに、沙耶の頬にも安堵の笑みが灯る。

『たける、はやくかえってくるといいね！　きっとおどろくよ！』

「そうね。武琉様、今日は会合だって言ってたから夕方にはお戻りになられるかしら」

と、そのとき。遠くから、カンカンと早鐘を打つ音が聞こえた。

あれは、帝都のあちこちに取り付けられたヤグラの警鐘だ。魑魅魍魎が帝都の近くに現れると鳴らされるもので、住民への注意喚起と、軍や神憑き家たちを召集する合図のために鳴らされる。

とはいえ、百万以上の民が暮らす帝都は広く、その中心付近にある不知火家の屋敷にまでは音が届かない場合も多いため、普段、武琉が屋敷にいるときに魑魅魍魎が出現した場合は軍の伝令が伝えに来る。

風向きのせいなのか、今日はその警鐘の音が屋敷にいる沙耶にまでよく聞こえてきた。

その音を耳にしていると、よくわからないもやもやとした不安にかられる。沙耶は雨戸を見つめ、胸元をぎゅっと押さえた。

（武琉様も雨の中、討伐に出かけているのかしら）

どうか風邪をひいたりしませんように。怪我したりしませんようにと、心の中で切に願う。

心配でたまらない。だけど、その不安を振り払うように、沙耶は努めて元気な声を出した。

「さあ、次の神縫いに取りかかりましょう」

『うん！　ボクもどんどんイトをだすからね！』

コカゲは自分の止まり木台に留まると、さっそく羽根を震わせ始める。

沙耶も手提げ行燈を置いて、次に縫う反物を手に取り、止まり木台のそばに座った。

そして、コカゲから糸を紡ぎ始めたときだった。

（あれ……どうしたんだろう、急に、眠気が……）

唐突にひどい眠気に襲われた。頭の中に霞がかかったようにぼんやりとなり、身体全体が重くなっていく。

刺繍針を持ったまま居眠りしてしまったら危ない。針だけでも針山に戻そうと手を伸ばすが、その前に重たくなった瞼を開けることができなくなって、そのまま沙耶は後ろに倒れるようにして眠りに落ちてしまった。

すうっと遠のいていく意識を手放す寸前まで、耳のそばでしとしとと降り続く雨音だけがずっと聞こえていた。


うっすらと開けた目に最初に見えたのは、部屋の天井だった。

「……あ、れ……。私、寝ちゃって……」

頭の中を霞が覆っているようで、ぼんやりとしてうまく頭が働かない。

自分があおむけになっているのは自覚できた。ゆっくりと視線をずらして柱にかかる振り子時計に目をやると、針は午後一時を指していた。

（おかしいな……さっき、見たときは十時だったはず……）

三時間も転寝《うたたね》をしていたのだろうか。それにしても昼時に女中が呼びに来ないとは考えにくい。いつもは昼食の準備ができると女中が呼びに来てくれ、食堂代わりになっている座敷で昼食を食べるのが常だった。

起こしに来てもまったく起きないほど、熟睡してしまっていたのだろうか。

畳に手をついて身体を起こそうとしたとき、指にちくりと小さな痛みが走る。

「いたっ……」

指を見ると、人差し指にぷっくりと赤い玉ができていた。手のそばに、刺繍針が落ちている。どうやら針を持ったまま寝てしまい、うっかり刺してしまったようだ。

じりじりとした小さな違和感が胸をいぶす。

もし女中が起こしに来たときに熟睡して起きなかったとしても、手の中にある針までそのままにしていくとは考えにくい。この屋敷に勤める女中は長年不知火家に仕えているだけあって、みなとても心配りのできる方たちばかりだ。

じゃあ、どうして針を持ったまま三時間も寝ていたのか。

（あれ？　コカゲちゃんは？）

一緒に居眠りしてしまったのかと思って止まり木台に目をやるが、台は倒れて畳に転がっており、コカゲの姿はどこにもなかった。

「コカゲちゃん⁉」

そういえば、目が覚めてから一度もコカゲの声を聞いていない。コカゲの気配がまるで感じられなくなっていた。

慌てて辺りを見回すが、どこを見てもコカゲの姿が見当たらない。

「コカゲちゃん、どこに行ったの!?」

今までコカゲが沙耶の前から姿を消したことは一度もなかった。四六時中ずっと一緒にいたのだ。

そのコカゲの姿が、今はどこにもない。

部屋の外に出たのかと思って廊下に向かおうとして、沙耶はぞっとした。

部屋の引き戸が開けっぱなしになっている。そこに、泥で汚れた大きな靴跡がついていたのだ。明らかに何者かが屋敷内へ侵入した形跡に動悸《どうき》が早くなる。

足跡は部屋の外から続いていた。慌てて靴跡を追って廊下を走る。

（コカゲちゃん。コカゲちゃん、どこなの？）

涙が滲みそうになるが、手の甲でぬぐった。廊下をたどっていくと、正面玄関に着く。

正面玄関の引き戸も開きっぱなしになっており、その向こうに雨が降りしきっていた。

靴跡は外から来て、そして外へと戻っていったようだ。玄関の外にも出てみたが、雨が降り続いた外の地面はぬかるみ、雨水が絶え間なく流れていて靴跡はもう見えなくなっていた。

「そんな……」

身体の震えを少しでもとどめようとするかのように沙耶は両腕で身体を抱く。

いつもそばにいてくれたコカゲがどこにもいない。代わりに、外から来て外へと戻っていった大きな靴跡。開いたままの玄関。

それらが意味する現実に、沙耶は打ちのめされる。

（コカゲちゃんが攫われたの？）

だとしたら、いったい誰が？　コカゲの存在を知っている人間など、ごくわずかだ。武琉と森羅、それに女中たちくらいなもの。

「そういえば、女中さんたちは？」

そのあと、沙耶は屋敷中を走り回って女中たちの安否を確かめた。

幸い、女中たちは誰ひとり欠けることなく屋敷のあちこちで倒れていた。驚いたことに、全員とも転寝していたのだ。

洗濯ものを畳みながら寝ていた者、土間で料理をしていたはずがいつの間にか框に腰かけて寝ていた者、掃除の途中ではたきを持ったまま柱に寄りかかって寝ていた者などなど。

みな、なぜ自分が転寝したのかわからないという。突然眠気が襲ってきて、寝てしまった、こんなこと初めてだと誰もが口にしていた。

そして誰ひとり、屋敷への侵入者に気づいてはいなかった。

沙耶は自室に戻ってくる。

確実に、なにかおかしなことがこの屋敷の中で起きている。屋敷の中にいた全員が同時に転寝をし、その隙に何者かが侵入してコカゲを攫ったのだ。

だとしたら、誰がコカゲを攫ったというのだろう。

女中たちでないことは明らかだ。深く寝入っていた様子が演技だとは到底考えられなかった。それに彼女たちは全員が古くからこの屋敷に勤める、武琉からの信頼も篤い者たちだ。

それに外から入ってきた靴跡は大きなものだった。あれは男性の靴跡だ。

残るは、武琉か森羅しか思い当たらなかった。

しかし、武琉がコカゲを攫うだろうか？　武琉ならなにもこんな回りくどいことをしなくても、コカゲを攫える機会ならいくらでもある。

（じゃあ、森羅さん？）

一瞬そんな考えが頭をよぎるが、沙耶はその考えを追い払うように、ふるふると頭を横に振った。

森羅はそんな不実を働く人にはまったく見えなかった。

そもそも、森羅も神憑き五家のひとり。沙耶は眠りに落ちる直前、警鐘を聞いた。だとすると、武琉とともに魑魅魍魎を討つために帝都の外にいたはずだ。

（それなら、いったい誰が……？）

誰も頭に浮かばない。コカゲはいったいどこに行ってしまったのか。ひどい目にあってはいないだろうか。

心配と不安が胸の中にどんどん降り積もって、ぱんぱんにはち切れそうになっていた。

武琉の顔が頭に浮かんで、彼の言葉が思い起こされる。

『沙耶。わからないことや、できないこと。手に負えないことがあったら、俺を頼れ。どんなことでもだ』

彼はそう言ってくれた。すぐにでも彼に助けを求めたいという気持ちにかられる。でも彼は今、大切な役割を果たすために出ているのだ。

（ううん。ダメ。武琉様の手を煩わせるわけにはいかない。でもいったい、どうやってコカゲちゃんを探せばいいの？）

そのとき、視界の端、畳の上になにかきらりと光るものが見えた気がした。

（あれは？）

光った辺りに行って畳に顔を近づけるが、なにも見えない。

その辺りを指で撫でると、人差し指になにかが付いてきらりと光った。今日は雨戸を閉めていて部屋の中が薄暗いため部屋のあちこちに行燈を置いてある。そのほのかな灯りに反射してわずかに光るようだ。行燈の灯りにかざしてみると、指についたものは細い糸だった。間違いなく、コカゲが吐き出す神糸だ。

その糸は部屋の外に続いている。

先ほど、靴跡を追っていたときには気づかなかったが、沙耶の部屋からコカゲの細い糸が一本、靴跡に沿うように廊下の先へと続いていた。

（もしかして……）

これは攫われたコカゲが必死に残した手がかりなのではないか。

糸を失わないように慎重にたどっていく。コカゲの糸は沙耶の予想どおり、玄関の外へと続いていた。どこまで続いているのかわからない。しかし、この糸の先にコカゲはいるに違いない。

今すぐ糸をたどってコカゲを追いかけたかったが、沙耶ははたと迷う。

勝手に出ていけば武琉も女中たちも心配するだろう。

しかし、武琉が帰宅するのを待っている余裕はなかった。コカゲの糸は細さのわりにかなり丈夫ではあるものの、いつまでも切れずに残っているとも限らない。

それに攫われた先でコカゲがひどい目にあっているかもしれないと思うと、いてもたってもいられなかった。

かといってこれからコカゲを探しに行きたいと女中たちに言えば、こんな雨の中、行かせるわけにはいかないと止められるかもしれない。一緒についてくると言われる可能性すらある。年老いた女中をこの雨の中一緒に連れ回すのは忍びなかった。

沙耶はきょろきょろと玄関の中を見渡すが、近くに女中たちの姿はない。

（ごめんなさい。ちょっと行ってきます）

玄関の奥に置かれた陶器の壺を利用した傘立てに、和傘が置いてあった。

それを挿して、そっと玄関の外に出る。

やはりコカゲの糸は屋敷の門の方へと続いていた。

和傘を肩にかけ、糸を見失わないように慎重にたぐりながら歩いていく。

門の近くにある小屋の中では、門番の男が椅子に腰掛けたまま寝落ちていた。不用心だから起こそうかとも考えたが、彼が起きたら沙耶がひとりでどこに行こうとしているのかと咎められるだろう。

だから、申し訳なくなりつつもそっとその前を通り過ぎる。大きな正門の横に付けられた通用口を通り抜け、不知火家の敷地の外に出た。

外にひとりで出るのは、沙耶が不知火家に来てから初めてだった。

途中何度か糸を落として見失いかけ、泣きそうになりつつも雨にぬかるむ地面を必死で探して糸を見つけ出した。

慎重に糸をたどりながらも、気持ちは急いてしまう。草履も着物の裾も、泥と雨水でどろどろになっていた。

どれだけ歩いてきただろうか。神憑き家の屋敷が並ぶ一角をひたすら糸をたどって歩く。

やがて屋敷街を抜け、町民街へとたどり着いた。糸はとある門の中へと続いていた。

（ここは……）

沙耶の目が驚きで見開かれる。

見覚えのある門だった。それもそのはず。門に掲げられた表札には『伊縫』と書かれていた。

伊縫家は敷地の中に着物工場を抱えている性質上、神憑き家にもかかわらずその屋敷は町民街の一角に建っている。昔は屋敷街に居を構えていた時代もあったというが、伊縫家が落ち目になって手放したと聞いている。

だからこの奥に伊縫家の人間が住む屋敷もあるのだ。

（どうして、ここに？）

愕然《がくぜん》とした。コカゲの糸はたしかに伊縫家の敷地の中へと続いている。

（だとすると、コカゲちゃんを盗んだのは）

ずきりと胸が傷んだ。沙耶の実の家族が、不知火家の屋敷の中に忍び込むという危険を犯してまでコカゲを盗んだのは間違いないだろう。

考えてみれば、コカゲを視る力を持つ人間は少ない。そのうえ、コカゲの吐き出す神糸を利用できる人間となるとさらに限られてくる。

脳裏に姉の、沙耶を嘲笑う顔が浮かんだ。

（瑠璃子お姉様）

糸を持つ手が自然と拳を作る。

そもそも、不知火の屋敷に盗人が入り込めること自体がおかしい。不知火の屋敷には幾重にも結界が施されており、武琉の許可を得ない招かれざる客は近づけないはずだ。

そのうえ、コカゲが攫われたとき、沙耶をはじめ屋敷の全員が転寝していたというのも奇妙だった。

おそらくなんらかの術によって眠らされたと考えるのが妥当だろう。

伊縫家にそんな高度な術を操れる人間などひとりもいない。とすると、力を持った協力者を得たのかもしれない。

（とにかく、屋敷の中に入らないと）

コカゲの神糸は伊縫家の門の中へと続いている。不知火家の正門に比べると遥かに見劣りする質素な門だが、落ちぶれても神憑き家だ。門の内側には門番がいる。

（どうしよう）

迷ったが、沙耶はいったん神糸から手を離して門から離れる。伊縫家の敷地をぐるっと囲っているのは木製の塀《へい》だ。

一箇所、壊れている場所があるのを知っている。

伊縫家にいた頃は女工たちと寝食をともにしていた。女工たちは仕事が終わったあとは女工部屋に戻り、朝まで出てはいけない決まりになっていた。しかし、一部の女工たちの中には警備の者に端金を渡して、夜の外出を見逃してもらっている者もいた。

沙耶自身はそんなまねは恐ろしくて一度もしたことがないし、そもそも夜に外へ出る用事など思いつかなかったが、どの辺りに抜け穴があるかは女工たちが話しているのを聞いて知っていた。

（たしかこの辺りのはず、あ、あった。ここだわ）

木壁の一部が外れている場所を見つけた。傘を畳んで、そっと音を立てないように板を外すと、通行人に見られないように注意しながら人目を忍んで抜け穴をくぐる。

穴を抜けたら伊縫家の庭の低木が茂る辺りに出た。茂みが身体を隠すのにちょうどいい。

（まずはコカゲちゃんの糸を探さないと）

伊縫家の敷地の中には織物工房や仕立工房、女工たちの住む女工部屋などいくつもの建物が存在する。

だが、瑠璃子か父の泰成がコカゲを盗んだのだとしたら、コカゲがいるのはおそらく瑠璃子たちが住む伊縫家の屋敷だろう。

伊縫の敷地内で傘をさすのが許されているのは、瑠璃子たち伊縫家の人たちなど数人のみと決まっている。傘は目立ってしまうので茂みの中に隠すと、沙耶は本宅へと身を隠しながら近づいた。

つい数カ月前までこの敷地の中だけでずっと生活をしていたのだ。

どこを通れば人目につかないのか、警備の者はどの辺りにいるのかなどはよく承知している。今の時間なら、ほとんどの女工たちは仕事中で出歩く者も少ない。

なるべく雨に濡れないように庇《ひさし》を伝っていき、沙耶は難なく伊縫の屋敷へと近づいた。

この時間なら正面玄関は施錠されていないなず。音を立てないように引き戸をそっと押し開ける。

この屋敷では物心ついてからずっと自分を押し殺して生きていた。瑠璃子や継母の艶子になるべく虐められないようにするために身につけた振る舞いだったが、その経験が今、役に立っている。気配を極力消して誰にも気づかれずに屋敷へと侵入することができた。

玄関に入るとき、きらりと光るものが足元にあるのを見つける。掬《すく》い上げると、コカゲの神糸だった。

（やっぱり、ここを通ったのね）

神糸は、屋敷の奥へと続いている。履いてきた草履を懐に隠すと、糸を伝って屋敷の中へ進んだ。なるべく足音を立てず、気配も消して。

途中、角を曲がったところでばったり女中と出くわした。思わず息を呑む。会話した記憶はないが、顔を知っている女中だった。

でも姿を見られたとなったら、こそこそしているのはかえってあやしい。すぐに沙耶はふわりと優しげな笑みを作って女中に軽く会釈をし、その横を通り過ぎた。

伊縫家の屋敷には客人や取引相手も多く出入りする。沙耶の堂々とした様子に、女中は不審を抱くこともなかったようで、こちらの顔も見ずにただ深くお辞儀をすると足早に通り過ぎていった。

女中の背中を見送って、沙耶はふぅと安堵の息を漏らす。

（私だと気づかなかったみたい）

伊縫家にいたときとは着ている物がまったく違うから、沙耶だとわからなかったようだ。女中は今の沙耶を見て、瑠璃子の元に遊びに来た華族のご令嬢だとでも思ったことだろう。

着物だけでなく、よく手入れされた長い黒髪に血色のよい肌艶、武琉が取り寄せてくれた最高級のおしろいや口紅は沙耶の美しさをさらに引き出し、以前とは別人のような輝きを放っている。

醸し出す雰囲気自体が、伊縫家でひどい扱いを受けていたときとは全然違うのだということを沙耶はまだ自覚してはいなかった。

沙耶はコカゲの神糸をたぐりながらも、この糸がどこに続いているのかうすうす勘づいていた。

糸は、とある部屋の閉じられた引き戸の中へと入っていっている。

（やっぱり……）

そこは瑠璃子の部屋だった。

中から、聞き覚えのある笑い声が聞こえてきた。戸越しに聞こえてくるのは、瑠璃子と継母の艶子の声だ。

身がすくみ、ごくりと生唾を飲み込む。あの声を聞くだけで、嫌な動悸がしてきて胸が苦しくなった。部屋に近づくのが怖くなる。

沙耶は、嫌な思いを振り払うように頭を軽く横に振った。

（こんなとこで、怖じ気づいてちゃダメ。コカゲちゃんを助けなきゃ）

あのふたりがコカゲを大事に扱うなんて考えられない。早く助け出してあげたいという強い気持ちが、沙耶に一歩を踏み出させた。

戸に近づき、そっと音を立てないようにわずかに戸を開いて中を覗く。

瑠璃子の部屋は洋室だ。もともと和室の座敷だったところを、瑠璃子が両親にねだって洋室に改装させた。

部屋の中には舶来物のチェストや机、天蓋つきのベッドなどが置かれ、天井からは花の形をしたシャンデリアが下がっている。

入ってすぐのところにある唐草模様の生地を張った猫脚の三人掛けソファに、瑠璃子と艶子が見えた。向かいのひとり掛けソファには父・泰成の姿もある。ソファの間にあるテーブルの上に、探し求めていたコカゲの姿があった。

「すごいわ。なんてしなやかで美しい、それでいて強い力を秘めた神糸なの。この糸で神縫いをすれば、名声は私のものよね、お母様」

瑠璃子はコカゲから紡ぎ出した糸をシャンデリアの光にかざしてうっとりと目を細める。その隣で、艶子は口元に扇子を当てて満面の笑みを浮かべていた。

「ええ、そうよ。瑠璃子さん。今までとは比べ物にならない名声を手にできるわ」

泰成は腕を組んで、テーブルの上のコカゲをまじまじと眺めた。

「それにしても、沙耶が御白様を持っていて神縫いまでできたとは意外だったな。なんにしろ、ずいぶん奇妙な形をした御白様だ。糸を出してる最中に捕まえたんじゃなかったら、これが御白様だとは思わなかっただろうな」

コカゲは、テーブルの上でじっとしている。身を縮めてじっと耐えているようだ。それが沙耶には不憫《ふびん》でならなかった。

泰成の言葉に、瑠璃子が相槌《あいづち》をうつ。

「ほんと。沙耶のくせに、生意気よ。ねぇ、お父様。評判になってる沙耶の神縫いも、全部私がしたことにしてくださらない？」

瑠璃子のお願いに、泰成は頬を緩めて頷いた。

「ああ、もちろんだとも。近いうちに、あれもすべて伊縫家のものだったと公言してしまおう」

艶子が扇子をパチンと閉じて、手のひらを叩きながら案じ顔になる。

「でも、不知火家からなにか言ってこないかしら」

泰成は瑠璃子に向けていたデレデレとした笑みを引っ込め、神妙な顔で応えた。

「そこは水ト部様にすべてお任せしようじゃないか。いやあ、不知火家に囲われているという神縫いの者が、まさか沙耶だったとはな。初めは驚いたが、水ト部様にご協力賜れて本当によかった。水ト部様と先代の不知火家当主との対立は有名だったからな」

両親の心配をよそに、瑠璃子は意気揚々とコカゲを指でつつく。

「ほら、もっとどんどん糸を吐きなさい。お前は私のために一生尽くすの。私たちの元にもっともっと富と名声を運んでくるのよ」

『みゅう……』

怯えたコカゲは羽根を閉じて、突かれるのに耐えている。震えているようだった。

瑠璃子は無理やり糸を作らせようと、さらにコカゲを小突く。

沙耶は、もう見ていられなかった。今すぐにでもコカゲを助けたい。

（でも、どうやって助ければいいんだろう。部屋に押し入ったとしても、三人がかりではすぐに捕まってしまうわ）

どうしたらいいのか。迷っていると、それまでつつかれても無抵抗に縮こまっているばかりだったコカゲが顔を上げて羽根を震わせ始めた。

『うるさいな！　ボクはサヤのオシラサマだぞ！　そんなに欲しいんなら、このイトをくれてやる！』

コカゲが震わせる羽根の間から、もくもくと綿菓子のようなものが生まれ始める。

ただし、沙耶が見慣れた真っ白いものではなく、まるで黒雲みたいに真っ黒い靄のようなものがコカゲの羽根の間から生まれていた。

（あれは、なに？）

コカゲのいつもの可愛らしいつぶらな瞳も、今は目尻が吊り上がっている。

あの黒い糸の塊からは、コカゲの強い怒りが伝わってきた。

しかし、瑠璃子たちはそれにまるで気づかない。

「やったぁ！」

「おおっ！」

「どんどん糸を作るのよ！」

三人は気色ばんでコカゲへ期待に満ちた視線を向ける。

しかし、コカゲから生まれた黒い靄はシュルシュルとひとりでに糸になり、瑠璃子の腕に絡みついた。糸はまるで蔦草が建物を覆うように瑠璃子の腕に次々と糸を伸ばしてグルグルと腕にまとわりつく。

その頃になってさすがに瑠璃子も異変に気づいたようだ。

「きゃぁぁ！　なにこれ!?　お父様！　お母様！　とって！　とって！」

怯えて糸の絡んだ腕をがむしゃらに振り回そうとした。だが、すでに黒い糸は瑠璃子の肘まで絡みついており、さらにどんどん腕を這い上っていく。

艶子と泰成は事態が掴めずポカンとしていたが、瑠璃子の悲鳴を聞いて我に返った。

「瑠璃子さんっ!?」

「瑠璃子!!」

ふたりは瑠璃子に取りつき、黒い糸を瑠璃子から引き剥がそうとする。しかし、そうこうしている間にも勢いよく羽ばたき続けるコカゲの羽根からは黒い靄のような糸の塊が生み出され続け、瑠璃子をぐるぐる巻きにしていった。

すぐに瑠璃子は頭の先から足元まで黒い糸に巻かれて簀巻《すま》きのようになった。瑠璃子から糸を剥がそうとした父母の手にも黒い糸は及び、父母の腕や身体に絡みつく。

「きゃぁぁぁ！」

「なんだこれ!?　取れないぞ!?」

あっという間に父母も瑠璃子と同じように黒い糸でぐるぐる巻きになってしまった。その様はまるで、大きな蚕の繭のようだ。もはや三人ともしゃべることすらできなくなり、部屋には巨大な黒い繭が三つ転がる異様な光景となっていた。

コカゲはさらに糸を吐き続け、瞬く間に瑠璃子の部屋は蜘蛛の巣が張るように黒い無数の細い糸で覆われた。

コカゲは繭のひとつに登ると、前脚を腕を組むようにして、ふんと鼻を鳴らす。

『ボクは、サヤのオシラサマだもん。ほかのだれにもイトをつかわせないもんね』

一方、廊下の先からは騒ぎを聞きつけて屋敷の者たちがこちらに駆けつける足音が響いてくる。

沙耶は部屋の戸を押し開けようとしたが、コカゲの糸が厚く絡まってなかなか開かない。身体を使ってこじ開けると、やっとできた隙間から瑠璃子の部屋に入る。

沙耶の姿に気がついたコカゲは嬉しそうに飛びついてきた。

『サヤ！　あいたかったのー！　イトをたどってきてくれたの？』

沙耶はコカゲを胸に受け止め、両手で抱きしめた。

「うん。ありがとう。コカゲちゃんの糸があったから探しに来れたの。ごめんね、お姉様たちが、コカゲちゃんにひどいことを……」

申し訳なさで胸がはち切れそうになる沙耶に、コカゲは小首をかしげる。

『なんでサヤがあやまるの？　あ、このニンゲンたちは、まだいきてるからだいじょうぶだよ』

まだ、ということは、このまま放っておけば危ないのだろう。

『ボクのノロイをたっぷりこめたイトだもの。ボクのイトはサヤがつかえばカゴをあたえるけど、ほかのニンゲンがつかえばノロイをうむの』

瑠璃子たちを助けようか迷うが、そうこうしている間に廊下からはバタバタという足音が複数聞こえてきた。人が集まってきたら大変だ。

屋敷の者が瑠璃子たちを繭から出してくれるのを期待して、沙耶はコカゲを胸に抱いたまま部屋の反対側へと走った。

瑠璃子の部屋の外には大きなバルコニーが作られている。バルコニーに続く戸を抜けて外へと出た。懐から草履を出して履くと、バルコニーの柵を抜けて庭へと下りる。

瑠璃子の部屋の方からは、惨状を見た女中の悲鳴がいくつも聞こえてきた。

沙耶はコカゲを胸に、庭を走る。一秒でも早く、伊縫家の敷地から出たかった。

しかし、あと少しで木壁にたどりつくというところで、沙耶は急に足が動かなくなり前のめりに倒れた。衝撃でコカゲを地面に落としてしまい、コカゲはころころと雨に濡れた地面を転がる。

「コカゲちゃん！　大丈夫⁉」

膝をしこたま打って痛みが走るが、コカゲのほうが心配だった。慌てて安否を確認すると、コカゲはぴょんと起き上がってふるふると身体を震わせ水を切る。

『うんっ、だいじょうぶ！　サヤ、ひざからチがでてる！』

「え……？」

痛いと思ったら、膝が擦れて赤い血が滲んでいた。それに、両足がまるで地面に縫い付けられてしまったかのように動かない。

いつの間にか、両足首まで真っ白な塊に覆われていた。それががっちりと足を固めて動けなくなってしまったようだ。

（どういうこと？？？）

頭の中が混乱して、疑問でいっぱいになる。

コカゲが、『サヤ、だいじょうぶ〜！』とこちらに飛んでこようとした。だが、飛び上がったところを、誰かに捕まえられる。指で片羽を摘まれたコカゲは、一生懸命もう片方の羽を動かすが逃れられない。

コカゲを捕らえたのは、見覚えのない老爺だった。白く長い髪を後ろに垂らした、水色の羽織に濃紺の袴の男。皺の深く刻まれた顔を忌々しそうに歪めて沙耶を見る視線は、背筋が冷たくなるほど冷淡だった。

「お前か。不知火武琉に囲われているという神縫いの針子は」

冷ややかな声が、沙耶に向けられる。

『はなせ、こら！』

なおもコカゲは男の指から離れようともがく。

「うるさい。少し黙っていろ」

男が胸元から細長い紙を取り出した。紙にはなにやら見慣れない文字が書きつけられている。男がぶつぶつと呪文のような言葉を唱えると、紙がパラパラと崩れて消えた。

代わりにコカゲの周りに突然、水の塊のようなものが現れる。コカゲは小さな水の球の中に閉じ込められた形になってしまう。苦しそうに手脚をばたつかせた。

「コカゲちゃん！」

沙耶は必死に足を動かしてコカゲのもとに行こうとするが、まったく動かない。誰かに両手でがっちりと足首を掴まれているかのようだ。白いものを払いのけるどころか、微動だにしなかった。

やがてコカゲは気を失ったのか、身体の力をなくしてぐったりとなった。沙耶の顔が青ざめる。

「大人しくなったな」

男がコカゲごと手を払うと、コカゲを覆っていた水球はあっさりと弾けて地面に雫となって落ちる。

沙耶は、ごくりと生唾を飲み込むと慎重に尋ねた。

「あ、あなたは？　なんでこんなことをするんですか？」

「ワシに誰何《すいか》を問うか。ふん。下賤な者はワシを見ても誰かわからぬようだな。ワシは水ト部源道。神憑き五家のひとつ、水ト部家の当主だ。名を答えてやったのだから、お前も答えろ。お前はあの忌々しい不知火に囲われておる神縫いの針子だな」

源道の目は氷のように冷たい。

沙耶は名乗るべきか迷う。しかし、源道の口調や表情から、この男が不知火家や武琉に対して並々ならない憎しみを抱いていることはうっすらと感じられた。ここで沙耶が名乗れば、武琉に迷惑がかかるとも考えられる。

「………」

沙耶が迷ってなにも言葉を発っせないでいると、源道はすぐに痺れを切らす。

「答えぬのなら、それでもかまわん。この御白様とかいう神獣は伊縫家のやつらがずいぶん欲しがっておったからあいつらにやってもよいが、お前はワシと一緒に来るんだ。ワシが苦労して封印を解いた廃神の呪いで不知火のせがれがようやくくたばるところだったものを、お前のせいで計画が台無しだ」

沙耶は、源道の言葉に驚き、目を見開く。

「武琉様の呪いは、仕組まれていたということなのですか？」

源道は相変わらず、威圧的に沙耶を見下ろす。

「初めは襲わせて致命傷を与えるつもりだったが、あやつは生き残ってしもうた。だが、呪いでじわじわ命を削れるなら、同じこと。序列一位はもともとは我が水ト部家だったのに、あやつの父親がワシから奪った。それがどれだけ屈辱的だったか、お前のような下賤な小娘にわかるか？　あやつに代替わりしてから、さらに差は開くばかりだ。そろそろ、その栄光を返すべきときだと思わんかね？　序列一位を取り戻すのは我が水ト部家の悲願なのだよ」

源道は自分の言葉に酔うかのように朗々と語ったあと、忌々しげな視線を沙耶に投げた。

「あやつはお前をずいぶん気に入っておるようじゃないか。あやつを呼び出し、ワシに従わせるための餌として、お前にはワシの元に来てもらうぞ」

源道は沙耶をどこかに連れていく気のようだ。不知火家に引き取られる前の沙耶ならば、どこに連れていかれようとなにも感じなかったかもしれない。

しかし、今の沙耶は強く嫌だと思った。この男に攫われたら、もう二度と武琉の屋敷には生きて帰れまい。それだけは、死んでも嫌だった。

逃げたくて足を動かそうとするが、白いものに固定されて動かない。そのうえ、白いものに覆われているところが冷たさでじんじんと痛くなってきた。どうやら、この白いのはぶ厚い氷の塊のようだ。

逃げようにも逃げられず、沙耶は怯えて震えだす。それでも、キッと強い瞳で源道を見つめた。

「ほぉ。まだそんな目ができるか。だが、抵抗するなら、力づくで連れていくまで」

源道は意識を失ったコカゲを足元に放ると、草履で踏みつけた。胸元から新たな符を取り出し、呪文を唱えて細かく千切る。千切った符を紙吹雪のように空中に投げると、細切れになった符のひとつひとつが氷の矢に姿を変えて沙耶に襲いかかってきた。

放たれた何本もの鋭い氷の矢。

沙耶は痛みを恐れて身を固くし、ぎゅっと目をつぶった。

しかし、痛みは襲ってはこなかった。

代わりにふわりと風を感じた。熱い風だった。

「沙耶！」

ガンガンという強い衝撃音とともに、ここにいるはずのない懐かしい声が聞こえる。

弾かれたように目を開くと、目の前に見えたのは白い背中だった。周りには、折れた氷の矢が幾本も地面に突き刺さっている。

刀を手にした彼が、背中に沙耶を守るようにして源道と向き合っていた。

「武琉……様……」

もう会えないかと諦めそうになって、それでも会いたくてたまらなかった彼が目の前にいる。

「どうして、ここに」

武琉は魑魅魍魎との戦いのために帝都の外にいたはずだ。

沙耶の疑問を察したのか、武琉が苦笑したのが背を向けていても雰囲気でわかった。

「屋敷の結界が壊されたのを感じたから、急いで戻ってきたんだ。そしたら沙耶がいなくて焦った。ばあやたちから沙耶がコカゲを探していたようだと聞いて、もしやここかと当たりをつけて急いできたんだ。間に合ってよかった」

沙耶は武琉に心配をかけて探させてしまったことに恥じ、心から申し訳なくなる。

「すみません」

穴があったら入りたいくらいだったが、武琉は語気を強めて諭した。

「謝るなよ。お前がいなくなれば、探すのは当たり前だ。地の果てにだって探しに行くからな」

そして、武琉は源道に刀を突きつける。

「水卜部。これはどういうことだ？」

源道に向けた武琉の声は、怒りを孕んでいつもより低く重い。

源道は、不愉快そうに顔を歪める。

「はっ。小僧が。年長者への口の利き方も知らんようだな。お前の親父はそんなことすら教えてはくれなかったか？」

「敬う相手はよく選べとは言われたな。生きさらばえるだけの老いぼれまで、敬えとは言われなかった」

武琉の馬鹿にしたような言葉に、源道はますます憎悪を露わにする。

「黙れ、小僧！」

源道が指に挟んでいた符を三枚投げた。

符が地面に落ちたとたん、地面に溜《た》まっていた雨水が集まりむくむくと盛り上がり始める。すぐに人の背丈ほどの大きさになった三つの雨水の塊は、互いにくっつくと大きな虎の形に変化する。

「雨が降りしきる今日は、水を司る水卜部家にとってまたとない好機。不知火を凌《りょう》駕《が》できぬはずがない」

小山ほどもある水の虎は、足元から白くなっていく。沙耶の足元を固めているのと同じ氷のような塊に変わると、武琉に飛びかかった。

「くっ」

大きな口を開けて襲い来る氷虎を、武琉は刀で押しとどめた。

両足に力を込めて踏ん張るが氷虎の力は強く、右手だけで刀を持つ武琉は苦戦する。雨に地面はぬかるみ、じりじりと押されてしまう。

「ふははは。片腕だけではさほど力も出せまい。諦めるがいい」

源道はさも愉快そうに嗤うと、さらに符を千切って空に撒いた。すると、武琉の足元の水たまりから腕の形をした雨水の塊が無数に伸びて、武琉の腕や足を掴みだした。

「武琉様っ！」

沙耶は思わず悲鳴をあげた。武琉の手足を掴んでいた水の腕は、すぐに地面から白くなっていく。沙耶の足を固定しているのと同じものだ。凍ってがっちりと武琉の手足を固めてしまう。

「くそっ」

完全に手足の動きを封じられてしまい、武琉は氷虎を睨む。しかし、今にも力で競り負けそうだった。

「ははは、とっとと喰われるがいい。これで不知火はおしまいだ！」

源道は完全に勝ちを確信したようだ。

沙耶は武琉の背中に守られながら、自分が彼の足手まといになっている状況が申し訳なくて仕方なかった。

「武琉様！　どうか、武琉様だけでもお逃げくださいっ！」

自分の身なんてどうなってもよかった。ただ、武琉に無事でいてほしい一心だったのだが、武琉は応じてくれない。

「そんなことできるわけないだろ。どんなときでも、お前を守るって約束しただろうが」

喫茶店で彼に言われた言葉が脳裏に浮かぶ。

『どんなときでも、お前を守る。俺はお前のためなら、どんなことにでも立ち向かえる』

彼はそう言って沙耶を励ましてくれた。それだけでも、一生胸に刻んでそれをよすがに生きていけるほど嬉しかった。迷子になった沙耶を助けてくれた幼き日の記憶が今までずっと沙耶の心の支えとなってくれたように。

これからの人生、どれだけつらい目にあってもその言葉が胸の中にあるだけで生きていけると思えるほど宝物のように感じていた。

だけど、彼はこの苦境の中でも、それを実行しようとしてくれている。

そのことに胸の奥が芯からじんと熱くなる。

(武琉様。私は、武琉様に出会えて、幸せです。神様。神縫いの神様。どうか、彼をお守りください。私はどうなっても構いません。命でもなんでも捧《ささ》げます。だから、どうか彼だけは……)

心の中で必死に祈った。彼の無事だけを願う。

そのためなら、自分の身さえどうなっても構わないと祈ったときだった。

武琉の背に、ぶわっと赤い光の線が浮かび上がる。

細く繊細な線で細やかに描かれているのは、羽ばたこうとする勇ましい鳳凰の姿だった。

沙耶が彼の上着に施した神縫いの刺繍だ。それが赤い光を帯びて鮮やかに現れ出ていた。

「どうしたんだ、これ」

武琉も異変に気づいたようだった。

次の瞬間、ふわっと暖かな風が武琉の周りに巻き起こる。それとともに、武琉を拘束していた白い氷が砕けてパラパラと地面に崩れ落ちた。

そのうえ、武琉の左腕に巻かれている包帯にも藤色の淡い光で神縫いが浮かび上がっている。

ぱらりと、ひとりでに包帯がほどけた。すでに指の先まで侵食していたはずの呪われた黒い染みが消え失せ、健康的な肌が見えた。

「左腕が、動くっ」

すぐさま武琉は両手で刀の柄を握った。今までとは比べ物にならないほど、刀の柄を掴む手にグッと力が入る。武琉は氷虎を見据えたままニッと笑った。

「そうか、神縫いの……沙耶の力か。すげえ、力がみなぎってくるようだ。恩に着る、沙耶。これで、闘える」

そう言ったかと思うと、武琉は刀の柄を握り直してグッと氷虎を押した。

相手がひるんだ隙に、刀を上段から振り下ろす。ひと太刀で、巨大な氷虎を真っぷたつに両断した。太刀を振るった方向に炎が走り、氷虎の切り口が強い炎を上げて燃え上がった。

武琉は氷虎が崩れ落ちる前に、その頭を踏んで高く飛ぶ。

「覚悟しやがれ！」

崩れていく氷虎を飛び越えて、武琉はその後ろにいた源道に迫った。

「ま、まさか、そんな。くそっ！」

源道は慌てて胸元から符を取り出そうとするが、それより武琉の動きのほうが早かった。

源道に飛びつくと、そのまま押し倒す。地面に背をつけた源道を身体で押さえ込み、その首元に刃を突きつけた。

「うぎゃあ！」

「観念しろ。水戸部源道。不知火家の結界を壊して侵入し沙耶を攫っただけじゃなく、廃神を帝都にけしかけた罪でも諮問機関で洗いざらい白状してもらうからな」

声を抑えて、睨みを利かせる武琉。

「くっ」

源道も武琉を睨み返したが、ついに諦めたようで顔を背ける。

ようやく決着がついた。武琉の圧勝だ。だが、刀を離せば逃げられかねない。武琉は、源道を拘束するのにちょうどいいものはないかと、首に刃を突きつけたまま辺りに視線を巡らせる。

そこへ、源道の身体にコカゲがもぞもぞと這い登ってくるのが見えた。

元気そうにしているコカゲの姿を見て、沙耶もほっと胸を撫で下ろす。

「よぉ、虫っころ。こいつを縛る紐かなんか持ってきてくれないか」

武琉が頼むと、コカゲは源道の腹の上に乗ってぶんぶんと羽根を震わせる。

『ナワなんかいらないもん！　サヤをいじめるなんてゆるさないもんね！　わるいやつはこうしてやる！』

コカゲは、瑠璃子たちを捕らえたのと同じあの黒い糸を吐き出すと源道までもぐるぐる巻きにしてしまった。

「や、やめろ！」

源道は拒むが武琉に首元へ刀を突きつけられたままだったので、大人しく糸に巻かれるしかなかった。あっという間に首から下がすっかり繭のようになっていく。

「いいざまだ」

刀を仕舞う武琉に皮肉げな言葉を投げかけられ、源道は悔しそうに顔をしかめた。

しかし、首から下は微塵も動かせないようだ。もう逃げられる心配もない。

雨が上がり、雲の合間からは柔らかな陽の光が降り注ぎ始めていた。

源道を転がしたままにして、武琉が沙耶の元にやってくる。

「沙耶。大丈夫か？」

「はい」

そう答えつつも、足首はまだ源道の術によって白い氷で固定されたままだった。

「待ってろ。今、外してやる」

武琉は沙耶のそばに膝をつき、沙耶の足首を両手で挟むように手のひらを当てた。

次の瞬間、彼の手の間に炎の塊が生まれて足首の氷を包み込む。すぐに氷はみるみる溶けて消えていった。

そのうえ、これだけ大きな炎にもかかわらず沙耶の皮膚には火傷ひとつついてはいない。ほんのりとした熱が、氷で冷やされた足を温めてくれた。

「よし、もういいだろう。やっぱり両手が使えると炎の制御も細かくできていいな」

「ありがとうござ……きゃっ」

礼を述べつつ立ち上がろうとしたのだが、転んだときに足首を捻ってしまったようだ。足に力を入れると痛みが走ってよろめいてしまった。

そこを、すかさず武琉が支える。

「無理するな。うちの屋敷に戻ったらすぐに医者へ見せよう。今は、ほら。こうすればいい」

武琉は、ひょいっと沙耶を両腕で軽々抱き上げた。

慌てて沙耶は武琉の首に掴まる。武琉と身体を密着させる姿勢になってしまって、思わず沙耶は顔を赤らめた。

そんな沙耶を、武琉は愛おしそうに見つめる。

熱い武琉の視線に気づいて、沙耶はますます顔を赤らめるのだった。

「そ、そうだ。武琉様、腕が！」

武琉は今、沙耶を両腕で抱き上げていた。お姫様抱っこというやつだ。呪われて動かなくなっていた左腕が、しっかりと動いていた。

「ああ。さっき、包帯に神縫いの模様が浮き上がったときだな。急に左腕が軽くなったなと思ったら、綺麗に呪いが消えてしまった。もうすっかり元どおりに動かせるみたいだ」

ほら、このとおり、と武琉は左手をグーパーしてみせる。あれだけ痛々しく呪いが浮かび上がっていた武琉の腕が、すっかり健康的な姿を取り戻していた。

「よかった……」

無事に動く彼の左手を見て、沙耶は嬉しさのあまり泣きそうになる。滲んだ涙を指でぬぐうと、武琉は沙耶を抱えたまま優しく抱きしめた。

「沙耶のおかげだ。改めて、ありがとう。沙耶は俺の恩人だ。一時は本当に、呪い殺されることすら覚悟していた。沙耶に出会わなかったら、今頃どうなっていたかとぞっとする」

沙耶は彼の左腕にそっと触れる。もうあの禍々しい気配は微塵もなくなっていた。

（武琉様の腕の中から、あの子の呪いがすっかり消えている。あの子の魂も、解放されたのかしら）

そうだといいな、と心の中で安堵した。武琉もあの子もともに救われたのなら、嬉しい限りだ。

『サヤはすごいんだぞ』

ふたりの周りを、ぴゅーんと飛びながらコカゲが自分の手柄のように鼻を高くする。

「本当にな。ついでに、お前もずいぶんおもしろいことができるもんだな。源道を拘束する手間が省けた」

武琉が改めて地面に転がる源道を眺めて、感心したように言う。

「……そうだ。瑠璃子お姉様たちっ」

すっかり忘れていたが、瑠璃子と両親もコカゲの黒い糸によって簀巻きにされているのだった。しかも、源道と違って彼女たちは頭の先から足の下まですっぽり巻かれているので、まるで繭のようになっていたのを思い出す。

窒息したりしていたらどうしようと今さらながら心配になるが、コカゲが沙耶の前で羽ばたきながら前脚を仁王立ちするように器用に腰に当てた。

『しんだりさせてないから、だいじょうぶだよ。ただ、ちょっとセイキはすっちゃってるかもだけどね。サヤとボクをいじめたんだから、これくらいトウゼンだよ』

足をくじいて歩けない沙耶は武琉にお姫様抱っこされたまま瑠璃子の部屋に戻る。

そこでは女中や使用人たちが繭状になった瑠璃子たちを囲んで途方にくれたり、必死に鋏《はさみ》などで繭を切ろうとしたりと大騒ぎになっていた。

『ボクのイトが、そんなものできれるわけないいじゃない』

「じゃあ、どうすればほどけるんだ？」

武琉に問われて、コカゲはくるくる回りながら飛ぶ。

『ボクはサヤのオシラサマだよ。サヤがきるならきれるんだよ。ほかのひとにはきれないもんね。タケルにだってきれるもんか』

「私なら、切れるのね」

考えてみれば、普段神縫いしているときも沙耶は普通の糸切り鋏でコカゲの糸を切っている。だから、まさか自分だけにしか切ることができないなんて思いもしなかった。

さっそく女中に頼んで裁断鋏を持ってきてもらうと、三人の繭を慎重に切っていく。

幸い、三人ともコカゲが言うように命に別状はないらしく、糸を切ってやるとすぐに目を覚ました。しかし、まったく無事というわけでもなかった。

父の泰成と継母の艶子は、この小一時間ほどの間にすっかり老け込んでしまって老人のようになっていた。

一方、瑠璃子は……。

「な、なんなのこれ！　私の艶やかな黒髪が!!」

手鏡を見た本人が愕然とするほどに、髪が真っ白になっていたのだ。

『ボクをさらったりするからだい！　ボクはサヤのためでなきゃイトをださないんだからね』

沙耶の肩の上で、コカゲが前脚を腕組みしてフンと鼻を鳴らす。

「そんな……」

がっくりと肩を落とす瑠璃子。

一方、コカゲの話を聞いていた艶子は傍らで落ち込む瑠璃子を押しのけて前へ出ると、沙耶のところへ転がり出た。そして、沙耶が生まれてこの方一度も見たことのない慈愛に満ちた笑みをたたえ、沙耶の手を両手で包み込むように握る。

「沙耶……いえ、沙耶さん。なにか行き違いがあって、こんなことになってしまったのは残念だったわ。でもね、私たち、あなたのことを誤解していただけなの。あなたは素晴らしい御白様と類まれな技術を持っている。その力は伊縫家にいてこそ発揮できるものなのよ。その御白様と一緒に私たちのところへ戻っていらっしゃい。あなたのことを本当の娘のように思っているわ。すべて水に流して、私たち家族はまた一からやり直しましょうよ」

老け込んだ老婆のような顔だが、瞳は爛々としていて尋常ではない光が宿っていた。優しく誘うような言葉とは裏腹に沙耶の手を握り込む力は強く、決して離しはしないと鬼気迫るものがある。

父の泰成も艶子の手の上から沙耶の手を握り込んだ。

「そうだぞ、沙耶。お前は伊縫家の娘。私の大事な自慢の娘だ。さあ、私たちのもとに帰ってくるんだ」

あれだけ伊縫家の娘とは名乗るなと念を押していた父が、今は手のひらを返したように自慢の娘だと言う。

価値があるとわかったとたん、今まで虐げてきたことが嘘のように今度は沙耶を取り込もうとするふたりの姿に沙耶は驚いた。

コカゲが沙耶の肩から飛び立つ。

『なに、いまさらいってんの？　ボク、このいえでサヤがおまえたちにいじめられてたのしってるんだからね！』

両親の周りをぶんぶんと飛びながらコカゲはぷんぷんと怒る。

沙耶自身も、ふたりのことをずいぶん自分勝手だと感じてはいた。その態度の変化に、なんて現金な人たちだと呆《あき》れもする。だがその一方で、ずっと欲しかった家族の愛情を強く示されて、心の奥で迷いも生じていた。

こんな愛情なんてまやかしだ。ふたりの手を振り払うべきだと頭の中ではわかっているのに、そうすることができない。

そのとき、大きな腕がふわりと沙耶の身体を包み込んだ。武琉が沙耶を守るように背中から抱きしめたのだ。

武琉は愛しげに沙耶と頬を合わせてから、いまだ沙耶の手を掴んだまま離さない艶子と泰成に鋭く言葉を投げかける。

「その汚ない手を離せ。あいにく、沙耶は俺のもんだ。沙耶はもう不知火家の人間だからな。今さら返すわけにはいかねぇんだ」

武琉の迫力に、艶子と泰成はたじたじになる。しかし、泰成はここで引き下がるわけにはいかないとばかりに虚勢を張って武琉に異を唱える。

「な、し、不知火様といえど、これは伊縫の家の問題。口出しは御無用願いたい！」

しかし、泰成の空威張りなど武琉には通用するはずもない。

武琉は地の底から響くような圧のある声で警告する。

「お前ら、自分がなにしたのかわかってんのか？　これ以上俺を怒らせるなよ。心優しい沙耶を傷つけたくないから我慢してやっているが、本当だったら伊縫家は即刻取り潰し、お前らは全員帝都の外にいる魑魅魍魎の餌食にしてやるところだ。それが嫌なら、二度と俺の沙耶に近づくな。もしまた沙耶をたぶらかしでもしてみろ、今度こそただじゃ済まさねぇからな！」

ぎろりと武琉がひと睨みすれば、艶子も泰成もたちまち震え上がった。意味不明な悲鳴をあげて沙耶の手を振りほどくと、我先にと屋敷の奥へと逃げていく。

「ま、待ってよ。お母様！　お父様！」

あとに残された瑠璃子も、ほうほうの体で両親のあとについていった。

『にげちゃった。あいつら、みはっておいたほうがいい？』

コカゲが沙耶の前をふよふよと飛びながら尋ねてくるので、武琉が応じる。

「ああ、頼む。あいつらにはきっちり罪を償わせなきゃなんねぇしな。ここの敷地から出ないように見張っててくれ」

『わかったー！』

コカゲは瑠璃子たちが逃げていった廊下へと彼らを追って勢いよく出ていった。

瑠璃子たちの姿が見えなくなり、ようやく沙耶はほっと小さく息をつく。

「すみません、武琉様。私……」

一瞬でも、彼らの甘言《かんげん》に騙されそうになってしまった自分が恥ずかしくてたまらない。

しかし、武琉はからりと笑うと沙耶の頭をぽんと撫でた。

「言っただろ？　お前のことを守るって」

言葉を区切ってから、今度は沙耶の右手を取ってそっと握り込む。

先ほど艶子たちに捕まれたときは彼女たちの手が絡みついてくるようで恐ろしかった。しかし、今は武琉の大きな手に握られて心の底から安堵に満たされる。

彼の赤い瞳が静かに沙耶を見つめていた。

「ああいう連中は、人の弱みに付け込んでくる。心にヒビがあると、そこを狙って忍び寄ってくるんだ。だから、もし今もお前が胸の内にヒビを抱えているなら、俺にその隙間を埋めさせてくれないか」

真摯に紡がれる彼の言葉が、沙耶の中へと染み込んでくる。家族だと思っていた人たちに虐められ愛に飢えていた魂を、彼の存在が優しく包み込んでくれるようだった。

沙耶は潤む瞳で彼を見上げる。

「私も、もし武琉様が今も寂しさやつらさを抱えているなら、それを少しでも癒してさしあげられたらと……僭越《せんえつ》ながら思ってしまうんです」

心の奥から湧き出た気持ちを素直に口にする。武琉は、一瞬ハッとした表情を浮かべたが、それもすぐに笑みへと変わった。

「そんなこと言うやつは、お前だけだ」

もう一度彼に、今度は向き合うように抱きしめられる。彼の両腕に捕らわれて、彼の大きな胸に頭を預けた。幸せすぎて、このまま身も心もとろけてしまいそうになっていた。

　こうしてコカゲの誘拐事件は無事に解決した。後処理については、武琉が呼んだ警保寮の警吏たちに引き継がれ、水卜部源道と瑠璃子たちの処遇は彼らに委ねられた。

　沙耶と武琉は、彼が呼んだ不知火家の車でひとまず伊縫家をあとにする。

　車に乗ったとたん、それまで張りつめていた緊張の糸が緩んだのか、沙耶は後部座席で揺られているうちに、いつしか隣に座る武琉の肩に頭を預けて眠ってしまっていた。

　うつらうつらしながら、夢を見る。

　――沙耶は、花畑の中に立っていた。そばに藤の木が立ち、見渡す限り華やかな花々が咲き誇る。

　その花畑の中を、長く美しい金色の毛をした生き物が楽しそうに駆け回るのを幸せな気持ちで眺めていた。

　龍のような顔に、馬のような身体を持つ大きな神獣。『麒麟《きりん》』と呼ばれる、神に近しい神獣だった。

　麒麟はひとしきり軽快な足取りで花畑を駆け回ったあと、ゆっくりと沙耶の方に近づいてくる。

沙耶の前まで来ると、麒麟は悠然とした姿で沙耶を見下ろす。

『カンシャスル。コノオンハ、ケッシテワスレハシナイ』

頭の中に直接、中性的な声が響く。

花畑の中に立つ麒麟の姿は、神々しいまでに美しかった――。


屋敷に帰ったあとも、武琉は沙耶を離してはくれなかった。沙耶をお姫様だっこしたまま廊下を歩いていく。

「あ、あの、もう大丈夫ですので……」

「俺が大丈夫じゃない。こんなに濡れて風邪でも引いたらどうするんだ」

そう言って、頑として譲らなかった。

濡れているといえば、武琉も同様だ。しかし、武琉は自分のことより沙耶を心配していた。

すぐに風呂場に連れていかれ、女中たちに引き渡される。

すでに風呂には温かな湯が満たされており、沙耶は湯に身体を委ねた。

そこで初めて、自分の身体が冷え切っていたことを実感する。たしかにあのままにしていれば、風邪を引いていたかもしれない。

風呂から出て新しい着物に着替えたら、こざっぱりして落ち着いた。部屋に戻ると、鏡台椅子に腰を下ろして髪を女中に整えてもらう。

コカゲは疲れたのか、鏡台の上でひっくり返って寝ていた。本当に寝ているだけなのか心配になるくらいの熟睡っぷりだったが、時折口をむにゃむにゃさせて『おはなばたけ、きれいだね〜』なんて寝言を言っているので、気持ちのいい夢を見ているだけのようだ。

沙耶の髪を整え終わった頃に、トントンと部屋の戸がノックされた。

「はい」

沙耶が応じると、がらっと戸が引かれて武琉が顔を覗かせる。

「調子はどうだ？」

沙耶は身体ごと武琉の方に向いて微笑んだ。

「はい。もうすっかり大丈夫です」

「そうか」

武琉は手に救急箱を持っている。部屋に入ってくるなり、沙耶の前に片膝をついて武琉自ら沙耶の足首に包帯を巻き、膝の怪我にも薬を塗ってくれた。

「ありがとうございます」

「しばらく無理するなよ」

彼の双眸はいつになく憂いに満ちていて、沙耶はドキリとしてしまう。

「は、はい」

「お前が屋敷にいないとわかったとき、心臓を握りつぶされそうなほど不安でならなかった。こんなこと、生まれて初めてだ。親父が死んだときも、母が死んだときも、そこまで絶望的な気持ちにはならなかったのにな。改めて、お前がどれだけ大切な存在なのか思い知った」

彼の口調がとても苦しそうで、どれだけ心配をかけていたのかと沙耶も申し訳なさでいっぱいになる。

武琉は鏡台椅子に手をついて身体を起こすと、ふわりと沙耶の身体を両腕で包み込むように抱きしめた。武琉の心臓の鼓動が聞こえてきそうなほど近い。

沙耶もドキドキしてしまってどうしていいのかわからなくなる。

「沙耶。ずっと俺のそばにいろ。俺にはもう、お前がいない未来なんて考えられない」

たまらず発せられた精いっぱいの声がすぐ間近に聞こえた。いつもの彼からは考えられないほど心細さの滲む声。そのひと言が、沙耶の中に染み込んでくる。

愛おしさのあまり、沙耶は彼の背中に自分の腕を回した。

「私もです、武琉様。ずっとお慕いしております」

ようやく自分の心のうちを明かすことができた。ほっとするのもつかの間、ぎゅっと彼の腕に強く抱きしめられた。

「沙耶、俺と夫婦になってくれないか。この先もずっと、お前と一緒にいたい」

憧れながらも、想像することすら恐れ多いと思っていた言葉を告げられ、頭の中がぼうっとなる。しかし、すぐに我に返った。彼には、想い人がいたのではなかったのか？　もしかして、沙耶には妾《めかけ》になれと言っているのだろうか。

戸惑いつつも、いまこの場で確認しなければまたずっとうじうじ悩み続けてしまうだろう。勢いに任せ、思いきって沙耶は尋ねた。

「で、でも、武琉様には想っていらっしゃる人がいるのではないのですか？」

武琉は身体を離すと、きょとんとした表情で沙耶を見つめる。

「俺に、想い人？　誰だ、それ」

「で、ですからっ。私に神縫いを頼まれた、下賜されたお着物。あれはその大切な方にさしあげるものではないのですか？」

沙耶は衣桁にかけられている着物を指さす。今朝仕上がったばかりの美しい着物には、見事な神縫いが夕日に照らされてキラキラと浮かび上がっていた。

「下賜品？　あ、ああ。あの着物のことか」

武琉は着物を眺め、「やはり、見事な出来栄えだ。さすが、沙耶だな」とひとしきり褒めたあと、沙耶の右手を引いて立たせ、ひょいっと沙耶をお姫様抱っこする。

「きゃ、きゃっ」

驚いて沙耶は武琉の腕に掴まる。武琉の赤い瞳は優しく沙耶に注がれていた。

「たしかに、大切な人にあげるものだ。俺の、いっとう大事な人にな」

武琉はそのまま着物の前へ沙耶を連れていくと、足を気遣ってそっと降ろす。

「沙耶。この着物はお前に着てほしくて、お前に神縫いを頼んだんだ。この世の誰よりも守りたいのは、お前ただひとりだから。俺がそばにいられないときでも、お前の神縫いにお前自身を守ってほしかった」

そして沙耶の手を取ったまま、片膝をついて沙耶を真摯に見つめた。

「沙耶。改めて頼む。俺と結婚してくれないか」

嬉しさのあまり、涙に視界が滲む。今度こそ、まっすぐに彼の言葉が心に染みわたる。もう、憂いはひとつもなかった。

「はい。よろしくお願いいたします」

涙を指でそっとぬぐう沙耶の頬を武琉が優しく口づけして抱きしめた。

「ああ、これからもよろしく」

沙耶も武琉の背中におそるおそる手を回す。

鼻が触れそうなほど近くに彼の顔があった。

「目を閉じろ」

お互い見つめ合ったあと、武琉に言われ沙耶が目を閉じると、唇に柔らかな感触がある。一瞬遅れて、彼と口づけを交わしているのだと実感する。

目を開けると、お互いに視線が絡まり自然と笑みが灯る。

「そういえば、せっかくお前に縫ってもらった包帯。もう必要なくなってしまったな」

武琉が上着のポケットから出したのは、沙耶が神縫いした包帯だった。

たしかに武琉の左腕が治ってしまえば、もう必要のないものだ。再び武琉が怪我したときのために取っておくこともできるが、この神縫いの模様は呪いの主のことを考えて縫ったものだから呪いと関係のない怪我に流用するのもなにか違う気がした。

「それなら、藤の木霊に力を借りて縫ったものですから、藤の木にお返しするのがよいのかもしれません」

「そうだな」

再び武琉に抱き上げてもらって、縁側へと行く。

沙耶が縁に腰かけると、武琉は部屋のすぐそばに立つ藤の大樹の根元にスコップで穴を掘って包帯を埋めてくれた。

「これで、よしと」

包帯を埋め終わって、武琉が立ち上がり藤の木を見上げたときだった。

「あっ！」

沙耶は、思わず声をあげる。藤の大樹が風もないのにさわさわと梢を揺らしだしたのだ。そのたびに、小枝のあちらこちらに立派な藤の花が現れる。
藤が花をつけるのは春のはず。秋の今は完全に季節外れだ。
それなのに、見る間に藤の花は増えていき、大樹に満開の藤の花が咲き誇った。
「見事なものだな」
沙耶の隣に腰を下ろした武琉も、感嘆の声を漏らした。
「はい」
沙耶の頭の中に藤の木から『ありがとう』と声が聞こえた気がした。
（よかった……）
沙耶は彼の左手に自分の手を重ねる。彼はぎゅっと握り返してくれた。
沙耶と武琉は寄り添うように縁に座り、見事な藤の木の花々を眺める。
藤の花はふたりを見守るように、甘く爽やかに香っていた。

～おわり～

あとがき

お久しぶりです。飛野猶です。このたびは本作をお手に取っていただき、誠にありがとうございます。

この作品は私が大好きな和風世界を舞台にしたシンデレラストーリーです。沙耶と武琉の物語を楽しんでいただけましたら幸いです。とはいえ、帝都最強を誇る武琉なのに、作中ではずっと呪われっぱなしでほとんど本来の実力を披露できておりません。本当はもっと強いのに！　もっとみんなに慕われているはずなのに！　と悔しい想いを抱きながら執筆していたので、できることならその後のふたりもぜひとも書いてみたいと思っています。そのためにも、本作を応援していただけたら幸いです！

そういえば、先日、実家に帰省したときに、母から祖母の着物を譲り受けました。今から五十年以上前に作ったものですから、とても生地がよく、現代の振袖のような派手さはないものの上品な柄の着物ばかり。しかも、同じ柄で揃えて作った手提げバッグや草履までありました。今でいうトータルコーディネイトというやつですね。新しく着物を作る、というときにどれほどワクワクしたんだろう、胸を躍らせて柄や小物を選んだんだろうなと想像するだけで、私までその高揚感が伝染してきて華やいだ気持ちになってきます。ちょうどこの作品を書いている最中だったこともあり、なんだか着物に縁があるなぁと思って喜んでいただいた次第です。まだもったいなくて着れていませんが、親子三代にわたって受け継がれるものってなんだか素敵ですよね。

最後になりましたが、本作の企画を一から一緒に作り上げてくださいました前担当様。いままで大変お世話になりました。的確なアドバイスで本作をよりよいものにしてくださった現担当様。これからもよろしくお願いいたします。

さらに、ため息が出るほど美しいカバーイラストを描いてくださった、鈴ノ助様。本当にありがとうございます。本作の物語が一枚の絵にぎゅっと詰まっているかのようです。お手に取ってくださった方にはぜひ帯の下のイラストまで見てほしいです。

本作に携わってくださった多くの方々にも、篤くお礼を申し上げます。

そして、この物語を読んでくださった読者のみなさま。お読みいただきありがとうございます！　楽しんでいただけていたなら、これほど嬉しいことはありません。

また、近いうちにお会いできますことを願っています。

二〇二四年十一月　飛野　猶

この物語はフィクションです。実在の人物、団体等とは一切関係がありません。

飛野猶先生へのファンレターのあて先
〒104-0031　東京都中央区京橋1-3-1　八重洲口大栄ビル7F
スターツ出版（株）書籍編集部 気付
飛野猶先生

姉に身売りされた私が、武神の花嫁になりました

2024年11月28日　初版第１刷発行

著　者　飛野猶　

発 行 人　菊地修一
デザイン　フォーマット　西村弘美
　　　　　カバー　北國ヤヨイ（ucai）
発 行 所　スターツ出版株式会社
　　　　　〒104-0031
　　　　　東京都中央区京橋1-3-1　八重洲口大栄ビル7F
　　　　　TEL　03-6202-0386　（出版マーケティンググループ）
　　　　　TEL　050-5538-5679（書店様向けご注文専用ダイヤル）
　　　　　URL　https://starts-pub.jp/
印 刷 所　大日本印刷株式会社

Printed in Japan

ISBN　978-4-8137-1667-9　C0193

スターツ出版文庫　好評発売中!!

『余命一年　一生分の幸せな恋』

「次の試合に勝ったら俺と付き合ってほしい」と告白をうけた余命わずかの郁（『きみと終わらない夏を永遠に』 miNato）、余命を隠し文通を続ける楓香（『君まで1150キロメートル』永良サチ）、幼いころから生きることを諦めている梨乃（『君とともに生きていく』望月くらげ）、幼馴染と最期の約束を叶えたい美織（『余命三か月、「世界から私が消えた後」を紡ぐ』湊 祥）、──余命を抱えた４人の少女が最期の時を迎えるまで。余命わずか、一生に一度の恋に涙する、感動の短編集。

ISBN978-4-8137-1653-2／定価770円（本体700円+税10%）

『世界のはじまる音がした』　菊川《きくかわ》あすか・著

「あたしのために歌って！」周りを気にしてばかりの地味女子・美羽の日常は、自由気ままな孤高女子・楓の一言で一変する。半ば強引に始まったのは、“歌ってみた動画”の投稿。歌が得意な美羽、イラストが得意な楓、二人で動画を作ってバズらせようという。自分とは正反対に意志が強く、自由な楓に最初こそ困惑し、戸惑う美羽だったが、ずっと隠していた“歌が好きな本当の自分”を肯定し、救ってくれたのもそんな彼女だった。しかし、楓にはあるつらい秘密があって…。「今度は私が君を救うから！」美羽は新たな一歩を踏み出す──。

ISBN978-4-8137-1654-9／定価737円（本体670円+税10%）

『妹の身代わり生贄花嫁は、10回目の人生で鬼に溺愛される』　編乃《あみの》 肌《はだ》・著

巫女の能力に恵まれず、双子の妹・美恵から虐げられてきた千幸。唯一もつ「回帰」という黄泉《よみ》がえりの能力のせいで、９回も不幸な死を繰り返していた。そして10回目の人生、村きっての巫女である美恵の身代わりに恐ろしい鬼の生贄に選ばれてしまう。しかし現れたのは“あやかしの王”と謳われる美しい鬼のミコトだった。「お前は運命の──たったひとりの俺の花嫁だ」美恵の身代わりに死ぬ運命だったはずなのに、美恵が嫉妬に狂うほどの愛と幸せを千幸はミコトから教えてもらい──。

ISBN978-4-8137-1655-6／定価704円（本体640円+税10%）

『初めてお目にかかります旦那様、離縁いたしましょう』　朝比奈希夜《あさひなきよ》・著

その赤い瞳から忌み嫌われた少女・彩葉には政略結婚から一年、一度も会っていない夫がいる。冷酷非道と噂の軍人・惣一である。自分が居ても迷惑だから、と身を引くつもりで離縁を決意していた彩葉。しかし、長期の任務から帰還し、ようやく会えた惣一はこの上ない美しさを持つ男で…。「私は離縁する気などない」と惣一は離縁拒否どころか、彩葉に優しく寄り添ってくれる。戸惑う彩葉だったが、実は惣一には愛ゆえに彩葉を遠ざけざる“ある事情”があった。「私はお前を愛している」離婚宣言から始まる和風シンデレラ物語。

ISBN978-4-8137-1656-3／定価737円（本体670円+税10%）

スターツ出版文庫　好評発売中!!

『鬼の生贄花嫁と甘い契りを六　～ふたりの愛を脅かす危機～』　湊 祥《みなとしょう》・著

鬼の若殿・伊吹と生贄花嫁の凛。同じ家で暮らす伊吹の義兄弟・鞍馬。幾度の危機を乗り越え強固になった絆と愛で日々は順風満帆だったが「俺は天狗の長になる。もう帰らない」と鞍馬に突き放されたふたり。最凶のあやかしで天狗の頭領・是界に弱みを握られたようだった。鞍馬を救うため貝姫姉妹や月夜見の力を借り立ち向かうも敵の力は強大で──。「俺は凛も鞍馬も仲間たちも全部守る。ずっと笑顔でいてもらうため、心から誓う」伊吹の優しさに救われながら、凛は自分らしく役に立つことを決心する。シリーズ第六弾！

ISBN978-4-8137-1630-3／定価726円（本体660円+税10%）

『雨上がり、君が映す空はきっと美しい』　汐見夏衛《しおみなつえ》・著

友達がいて成績もそこそこな美雨は、昔から外見を母親や周囲にけなされ、目立たないように“普通”を演じていた。ある日、映研の部長・映人先輩にひとめぼれした美雨。見ているだけの恋のはずが、先輩から部活に誘われて世界が一変する。外見は抜群にいいけれど、自分の信念を貫きとおす一風変わった先輩とかかわるうちに、“新しい世界”があることに気づいていく。「君の雨がやむのを、ずっと待ってる──」勇気がもらえる感動の物語！

ISBN978-4-8137-1611-2／定価781円（本体710円+税10%）

『一生に一度の「好き」を、永遠に君へ。』　miNato《みなと》・著

余命わずかと宣告された高校1年生の葵は、家を飛び出して来た夜の街で同い年の咲と出会い、その場限りの関係だからと病気を打ち明けた。ところが、学校で彼と運命的な再会をする。学校生活が上手くいかない葵に咲は「葵らしく今のままでいろよ」と言ってくれる。素っ気なく見えるが実は優しい咲に葵は惹かれるが、余命は刻一刻と近づいてきて…。恋心にフタをしようとするが、「どうしようもなく葵が好きだ。俺にだけは弱さを見せろよ」とまっすぐな想いを伝えてくれる咲に心を揺さぶられ──。号泣必至の感動作！

ISBN978-4-8137-1612-9／定価781円（本体710円+税10%）

『鬼神の100番目の後宮妃～偽りの寵妃～』　皐月《さつき》なおみ・著

貴族の娘でありながら、家族に虐げられ、毎夜馬小屋で眠る18歳の凛風。ある日、父より義妹の身代わりとして後宮入りするよう命じられる。それは鬼神皇帝の暗殺という重い使命を課せられた生贄としての後宮入りだった。そして100番目の最下級妃となるが、99人の妃たちから嘲笑われる日々。傷だらけの身体を隠すため、ひとり湯殿で湯あみしていると、馬を連れた鬼神・暁嵐帝が現れる。皇帝×刺客という関係でありながら、互いに惹かれあっていき──「俺の妃はお前だけだ」と告げられて…!? 最下級妃の生贄シンデレラ後宮譚。

ISBN978-4-8137-1613-6／定価748円（本体680円+税10%）

書店店頭にご希望の本がない場合は、書店にてご注文いただけます。